怪人們

怪しい人びと

東野圭吾

Higashino Keigo

李彥樺 譯

怪人們

Contents

由不屈的堅持所淬鍊出的奇蹟

總導讀——林依俐

如果你問我，東野圭吾是位什麼樣的作家？

我會回答你，他是位不幸的作家。

你一定會覺得奇怪，光是以《嫌疑犯X的獻身》（二〇〇五）一書，便幾乎囊括了二〇〇六年日本推理文學相關獎項，同書在日本的銷售量更是打破五十萬大關的「暢銷作家」東野圭吾，怎會有什麼不幸可言？

在說明之前，請讓我先簡單介紹一下東野圭吾這位作家。

東野圭吾一九五八年生於大阪，大學畢業後進入汽車零件製作公司擔任工程師。由於希望在工作以外，也能在私生活之中有個較爲不同的目標，所以開始著手撰寫推理小說，投稿日本推理文學代表性的公開徵選長篇小說獎「江戶川亂步獎」。

這並不是東野第一次寫推理小說。早在他十六歲的時候，由於看了小峰元的作品《阿基米德借刀殺人》（一九七三，第十九屆江戶川亂步獎作品）大受感動，之後又讀了松本清張的《點與線》（一九五八）、《零的焦點》（一九五九）等作品。一頭推理熱的他便曾試著撰寫長篇推理小

說，而且第一作還是以重大社會問題爲主題。然而由於完成於大學時期的第二作被周遭朋友嫌棄，「寫小說」這件事便從他的生活之中消失了好一陣子。

而獲得亂步獎的夢想讓東野重拾筆桿。在歷經兩次落選後，他的第三次挑戰——以發生在女子高中校園裡的連續殺人事件爲主軸展開的青春推理《放學後》（一九八五）——成功奪下了第三十一屆江戶川亂步獎。之後他很快地辭了工作，前往東京致力於寫作。自從一九八五年《放學後》出版以後，東野圭吾幾乎是每年都會有一到三部甚至更多的新作問世。他不但是個著作等身的多產作家，其筆下的內容也橫跨了推理、幽默、科幻、歷史、社會諷刺等，文字表現平實，但手法卻絲毫不拘泥於形式，多變多樣。

看到這裡，如果你對於近年的日本推理有一定程度的了解，或許你會聯想到宮部美幸——多采的文風、平實的敘述、充滿令人訝異的意外性；但是在兩者之間卻又有著決定性的不同。

那就是——相對於宮部美幸出道約二十年來，陸續囊括高達十項的日本各式文學獎，筆下著作本本暢銷；東野圭吾卻是一直與日本的各式文學獎項擦肩而過，且眞正開始被稱爲「暢銷作家」，也是出道後過了十多年的事。

實際上在《嫌疑犯X的獻身》同時獲得直木獎與本格推理大獎，並且達成日本推理小說三大排行榜——「這本推理小說了不起！」、「本格推理小說ＢＥＳＴ10」、「週刊文春推理小說ＢＥＳＴ10」——前所未有的三冠王之前，東野出道二十年來所寫下的六十本小說（包含短篇集）裡，除了在一九九九年以《祕密》（一九九八）一書獲得第五十二屆日本推理作家協會獎之外，其他作品雖然一再入圍直木獎、吉川英治文學新人獎等獎項，卻總是鎩羽而歸。

在銷售方面，他也不是那種只要出書就大賣的暢銷作家。在打著「江戶川亂步獎」招牌的出道作《放學後》創下十萬冊的銷售紀錄之後（江戶川亂步獎作品通常都能賣到十萬冊），整整歷經了十年，東野才終於以《名偵探的守則》（一九九六）打破這個紀錄，而眞正能跟「暢銷」兩字確實結緣，則是在《祕密》之後的事了。

或許是出道作《放學後》帶給文壇「青春校園推理能手」的印象過於深刻，東野圭吾本人雖然一直想剝下這個標籤，過程卻不太順利。書評家往往不是很關心他在寫作上的新挑戰。這也難怪，在東野出道後兩年，也就是一九八七年，以綾辻行人等年輕作家爲首，提倡復古新說推理小說的「新本格派」盛大興起。從文風與題材選擇看來，東野圭吾作品用字簡單，謎題不求華麗炫目，內容既不夠社會派又不像新本格，自然不會是書評家們熱心關注的對象。

就這樣出道十餘年，雖然作品一再入圍文學獎項，卻總是未能拿到大獎；多少有機會再版，卻總是無法銷售長紅；傾注全力的自信之作，卻連在雜誌的書評欄都占不到個像樣的位置。

所以我才會說，東野圭吾是個不幸的作家。說眞話這何止是不幸，實在是坎坷，簡直像是不當的拷問。

在獲得江戶川亂步獎後，抱著成爲「靠寫作吃飯」之職業作家的決心，東野圭吾辭去了在大阪的穩定工作來到了東京。這個決定使得他沒有退路，不管遭遇什麼樣的挫折，都只能選擇前進。於是只要有機會寫，東野圭吾幾乎什麼都寫。

二〇〇五年初，個人有幸得以見到東野圭吾本人並進行訪談時，曾經談到關於他剛出道不久時，在推理小說的範疇內不斷挑戰各式題材時期之心境。他是這麼回答的：

「那時的我只是非常單純地覺得自己必須持續寫下去，必須持續地出書而已。只要能夠持續出書，就算作品乏人問津，至少還有些版稅收入可以過活；只要能夠持續地發表作品，至少就不會被出版界忘記。出道後的三、五年裡，我幾乎都是以這種態度在撰寫作品。」

不過畢竟是背負著亂步獎的招牌出道，畢竟是身處日本泡沫經濟蓬勃、推理小說新風潮再起的八〇年代後半至九〇年代，向其邀稿的出版社當然也都希望東野圭吾能夠以「推理」爲主題書寫。配合這樣的要求，以及企圖擺脫貼在自己身上那「青春校園推理」標籤的渴望，東野嘗試了許多新的切入點，使出渾身解數試著吸引讀者與文壇的注意。於是古典、趣味、科學、日常、幻想，在他筆下似乎沒有什麼題材不能入推理，似乎沒有題材不能成爲故事的要素。或許一開始只是爲了貫徹作家生活而進行的掙扎，但隨著作品數量日漸累積，曾幾何時也讓東野圭吾在日本文壇之中，確實具備了「作風多變多樣」這難以被輕易取代的獨特性。

是的，東野圭吾是位不幸的作家。但也因此我們才得以見到，那些誕生於他坎坷的作家路上，由歷經幾多挫折仍不屈的堅持所淬煉而成，在簡素之中卻有著數不清面貌的故事。以讀者的角度而言，能與這樣的作家共處同一個時代，還眞是宛如奇蹟一般的幸運。

在推理的範疇裡，東野圭吾從不吝惜挑戰現狀。從初期以詭計爲中心的作品，漸漸發展出許多具有獨創性，甚至是實驗性的方向。其中又以貫徹「解明動機」要素（WHYDUNIT）的《惡意》（一九九六）、貫徹「找尋凶手」要素（WHODUNIT）的《誰殺了她》（一九九六）、貫徹「分析手法」要素（HOWDUNIT）的《偵探伽利略》（一九九八）三作，可說是東野在踏襲傳統推理小說元素之下，卻又充分呈現了屬於現代風貌的鮮麗代表作。

而出身於理工科系的背景，也讓東野在相較之下，比其他作家更擅長消化並駕馭以科技爲主軸的題材。像是利用運動科學的《鳥人計畫》（一九八九）、涉及腦科學的《宿命》（一九九〇）和《變身》（一九九一）、生物複製技術的《分身》（一九九三）、虛擬實境的《平行世界戀愛故事》（一九九五），還有之後以湯川學爲主角展開的「伽利略系列」裡，東野都確實地將自己熟悉的理工題材，在分解組合後以最簡明的方式呈現在讀者眼前。

另一方面，如同「處女作是作家的一切」這句俗語所述，高中第一次寫推理小說便企圖切入當時社會問題的東野圭吾，由《以前，我死去的家》（一九九四）中牽涉兒童虐待的副主題爲開端，對於社會人心的描寫，似乎也成了他作家生涯的重要課題。例如以核能發電廠爲舞臺的《天空之蜂》（一九九五）、試探日本升學教育問題的《湖邊凶殺案》（二〇〇二）、直指犯罪被害人及加害人家屬問題的《信》（二〇〇三）和《徬徨之刃》（二〇〇四），都在在顯露出東野對於刻畫社會問題與人性的執著。

東野圭吾這種立足於推理，進而衍生至科技與人性主題上的寫作傾向，在發表於二〇〇五年的《嫌疑犯X的獻身》中，可說是達到了奇蹟似的調和，也因爲這部作品，在二〇〇六年贏得各種獎項，讓東野圭吾正式名列「家喻戶曉的暢銷作家」之列。加上這幾年來，東野作品紛紛電視電影化，他的不幸時代成爲過去，並站上前人未達之高峰。二十年來的作家生涯開花結果，創造了日本推理文壇近年來難得一見的奇蹟。

好了，別再看導讀了。快點翻開書頁，用你自己的眼睛與頭腦，去感受確認東野作品中理性與感性並存，而又如此引人入勝的獨特魅力吧！那將會勝於我在這裡所寫的千言萬語。

本文作者介紹

林依俐，一九七六年生。嗜好動漫畫與文學的雜學者。曾於日本動畫公司GONZO任職，返國後創辦《挑戰者月刊》並擔任總編輯，現任全力出版社總編輯，另外也負責線上共享閱讀平台ComiComi（http://www.comibook.com/）的企畫與製作總指揮。

睡著的女人

1

我開始賺外快的契機，是片岡的好色之心。片岡跟我同一年進入公司，但部門不同，我在資材部，他在會計部。

我們任職的公司是家電製造商，但公司名稱在社會上的知名度相當低，因為我們製造的產品很少會冠上自己公司的名稱。說穿了，我們不過是某個一流企業的下游廠商。消費者要找到冠上我們公司名稱的家電產品，除非上秋葉原之類電器街的廉價商品賣場。

我所屬的資材部的工作，是接受製造部或技術部的委託，向其它業者訂購材料或設備。由於涉及金錢交易，所以辦公室就在會計部的旁邊。因為這個緣故，我與片岡頗有交情。

三月十日這一天，片岡來到我的桌前，說：「有件事想拜託你幫忙，不曉得方不方便？」我很清楚，片岡只要以這種謙卑的語氣跟我說話，肯定沒好事。

這時我正在塡寫機械油的訂購單。我朝他輕輕一瞥，旋即將視線移回正前方，回答：

「借錢的話免談。在繳完車貸之前，我罹患了慢性缺錢症。」

片岡不知從何處拉來一張椅子，在我的辦公桌前坐了下來。

「你放心，我還沒有傻到向你借錢。」片岡頓了一下，左右張望兩眼，忽然湊近我說：「我想借的是房間。」

「房間？誰的房間？」

「當然是你的。」片岡指著我的胸口。

「你要借我的房間？做什麼？」

他再度左顧右盼，才說：

「還不是爲了白色情人節。」

「白色情人節？」

「你不知道白色情人節？就是在三月十四日這天，男人爲了向女人表達情人節的謝意……」

「我當然知道白色情人節，我不知道的是你到底想幹什麼？」

「我那天有約會。」

「噢，那很好。」

我露出不耐煩的表情。片岡向來自詡爲情聖，號稱學生時期就上過一百個女人，雖然那多半吹牛皮的成分居多，不過他的長相確實稱得上是帥哥。

「喂，等等，你該不會想帶女孩子進我房間吧？」我停下手邊工作，瞪著片岡問道。

「可以這麼說。」他陪笑著說道。

「開什麼玩笑，我爲什麼要提供房間給你發洩性慾？」

「別這麼無情嘛，助人爲快樂之本。」

「怎麼不上賓館？先到餐廳吃飯，送個禮物，然後上賓館。就算我和這種行程無緣，也知道這是聖誕節跟白色情人節的標準行程。」

片岡雙手交叉在胸前，上半身湊過來說：

「你那是泡沫經濟時代的資訊了。在這個想加班也沒得加，三節獎金改以禮品打發的時代，有誰會上Tiffany買禮物，帶女朋友吃義大利料理，然後在大倉飯店的高級套房睡一晚？」

「你會不會說得太具體了一點？」

片岡愣了一下，輕咳一聲後，又說：

「……總之你說的那套已經過時了。何況有些女孩子不吃上賓館那一套。」

「什麼意思？」

「有些比較內向或清純的女孩子，不習慣跟男性交往，要卸下這種女孩子的心防，當然不能直接帶到賓館。」

「對了……你現在交往的，是我們這部門的廣江小妹？」

片岡聽我這麼一問，嘴角微微上揚，露出賊兮兮的笑容。

「是啊，我猜她還是處女。」

「唔……」我忍不住咕噥一聲。

所謂的廣江小妹，指的是跟我同樣任職資材部的葉山廣江。她長得非常漂亮，在我們公司的年輕女職員裡至少能排進前五名。其實我原本也對她有意思，但她整個人散發出一股千金大小姐的高貴氣質，有如一道防護罩，令我望之卻步。

「爲什麼不能帶清純的女孩子上賓館？」我問。

「這種女孩子聽到賓館兩個字，嚇都嚇死了。畢竟賓館幾乎可以跟打炮畫上等號。」

我心想，他多說了「幾乎」兩個字。

「對這種女孩子來說，只能在美好的氣氛下，順水推舟地交出處女。」

「這麼深奧？」

「就是這麼深奧。」片岡搭著我的肩膀說道：「因此這次的白色情人節，我需要一個能夠讓她放鬆心情的房間，不能帶她上賓館。我想來想去，只能來拜託你了。」

「怎麼不帶她回你自己的房間？」

「喂喂，你忘了嗎？我家裡還有老爸老媽，怎麼可能帶女孩子回房間？」

「這麼說也對。」

「我只能靠你了。只要你肯幫這個忙，我可以付你三千……不，五千圓。」

「五千圓……」

雖然我一想到要把床借給別人打炮就渾身不舒服，但畢竟片岡是我朋友，何況五千圓對我來說是筆不小的數目。這年頭大家口袋裡都沒錢，我的口袋也不例外。

「好吧，我答應了。」

片岡一聽，登時喜形於色，握著我的手說道：

「謝謝你的大恩大德，你果然是我的好兄弟。」

「但你不能弄髒我的床單。」我說道。

「沒問題，我會小心的。」片岡色瞇瞇地笑了起來。

三月十四日白色情人節當天，我在公司把公寓房間鑰匙交給了片岡。

「房間我打掃過了。」

「太感謝了，我本來正擔心房間太髒呢。」片岡接過鑰匙，從錢包中抽出五千圓，接著問：「對了，門口是不是掛著你的姓？」

「我抽掉了。雖然我想今天應該是不會有包裹送來，不過你還是小心點。還有，最晚要在早上七點前離開，我總得回房間梳洗一下才能到公司上班。」

「我知道、我知道。呃……那個……」片岡突然壓低了嗓音，「那玩意放在哪裡？」

「那玩意？」

「就是那玩意呀，我不是事先提醒過你嗎？」片岡將拇指及食指圍成了圓圈。

「噢，你說那個啊。」我點頭說：「我放在電視旁的音響櫃裡。那都是我新買的，我一看就知道你用了幾個。一個算你五百圓就好。」

「沒問題。」

片岡離開我的辦公桌，走向他自己的辦公桌，臉上的表情簡直像是剛跟我談完了公事。

他剛走沒多久，葉山廣江來到了我的面前。

「川島先生，這是製造部給你的信。」廣江一面說，一面在我的桌上放了一枚信封。她除了自己的業務之外，平時還會幫我處理一些簡單雜事，可說是幫了我很大的忙。其它部門的女職員如果要她們做雜事，她們一定會搬出《男女雇用機會均等法》來抗議，廣江跟她們可說截然不同。

「謝謝。」我說。

「不客氣。」廣江對我漾起微笑，露出右邊的一點虎牙，看起來可愛極了。我一想到這麼可愛的女孩即將慘遭片岡蹂躪，便覺得心有不甘，但一想到那畫面；又覺得好興奮。

這一天夜裡，我將車子停在便利商店的停車場內，在車內睡了一晚。我的車子是箱型車，後座空間向來是維持攤平的狀態。而且車上隨時準備著毛毯，因此禦寒方面也不成問題。當初買這輛車是爲了享受一個人的旅行，沒想到這個目的從沒有實現過一次，如今卻利用來賺這種錢，我不禁覺得自己實在有點窩囊。

隔天早上七點一到，我便回到了自己的房間。外頭天寒地凍，房間裡的空氣卻頗爲溫暖，甚至有些潮濕。我不禁想像，那兩人在離去不久前可能又加賽了一場。

打開音響櫃一瞧，保險套少了兩個，旁邊放著一枚摺了數摺的千圓紙鈔。接著我一看垃圾桶，裡頭堆滿了一團團衛生紙。我的腦海浮現葉山廣江那可愛的臉孔，心裡有股淡淡的惆悵。

2

從那晚之後，片岡經常來向我借房間。

「你偶而也該帶她上上賓館吧？」我說。

片岡故意誇張地皺起眉頭，說：

「這你就不懂了，女人是一種很容易得寸進尺的生物，只要我帶她上一次賓館，以後她就會把上賓館視爲理所當然了。反正我帶廣江上你的房間，她也沒有怨言，還是維持老樣子吧。」

「她知道那是誰的房間嗎？」

「我跟她說，那是我的備用房間，有需要就會去那裡住。所以有時我遇上臨時要加班時，我會把鑰匙給她，叫她先在房間裡等我。不過你放心，我再三提醒過她，別亂碰房間裡的東西。」

「那是當然的吧！」我一邊抱怨，一邊還是乖乖交出鑰匙，收下了五千圓。

過了幾天之後，採購部的本田竟然也跑來問我願不願意出借房間。他說是片岡介紹他來找我的。又隔了兩天，總務部的中山竟然也找上了我。消息來源同樣是片岡。

「讓你多些賺錢的機會，有什麼不好？或許過陣子你會像傑克．李蒙一樣好事連連呢！」

片岡在跟我一起上廁所的時候一臉滿不在乎地如此安撫我。

「傑克・李蒙？」

「你沒看過電影《公寓春光》[*1]嗎？傑克・李蒙在這部電影裡，也把自己的公寓房間借給上司用來搞外遇。而且跟他借房間的上司還不止一個，好幾個上司都要跟他借房間，事先還得跟他預約，譬如星期三是部長，星期四是課長之類。因爲把房間借給上司的關係，李蒙在公司明明沒什麼表現，升遷卻非常快。」

「但跟我借房間的你們這些人，跟我一樣只是剛進公司的小職員。」

「現在是小職員，以後或許會有一、兩個飛黃騰達，趁現在賣點人情有什麼不好？」

「但願眞的有那麼一、兩個。」

我一邊說，一邊在小便斗前上下搖晃下半身。

從我開始出借房間到現在，轉眼已過了三個月。這一天，我一如往昔在便利商店的停車場迎接了一天的早晨。昨晚的房客是片岡。前天是本田，大前天是中山。生意接二連三上門，讓我整整有三天沒辦法睡在自己的床上。

*1《公寓春光》（The Apartment）是一九六〇年上映的美國電影，由著名美國演員傑克・李蒙（John Lemmon）所主演。

我一邊揉著睡眠不足的惺忪雙眼，一邊開車回到公寓，打開了房間的門。房間裡的空氣也一如往昔異常溫熱，我心裡正想著一大清早就「辦事」眞是辛苦，但旋即發現那是因爲暖氣沒關。

「片岡那傢伙，我一定要叫他補貼電費。」

就在這個時候，我發現床上好像有東西動了一下。我吃驚地轉頭一看，頓時看傻了眼。床上赫然睡著一個陌生的女人。

一時之間，我以爲自己走錯房間了，倉皇地左顧右盼。這陣子我太少進自己的房間，因此感覺整個房間都有點陌生。但我轉念一想，如果我搞錯房間，鑰匙沒道理能打得開。

多半是片岡留下女孩子，自己先走了吧。原來除了葉山廣江之外，他還跟其他女孩子交往。

我走到床邊，搖了搖睡得正熟的女孩肩膀。

「喂，醒醒，該退房了。」

我心裡霎時閃過一抹「這女的該不會死了吧？」的不安，幸好她的身體是溫熱的。搖了好一會，她終於微微睜開雙眼。

她眨了眨眼睛，下一瞬間整個人跳了起來。

「你是誰！」

她以毛毯蓋住胸口，看著我的眼神彷彿像在看一隻害蟲。那副神態與年輕時的莎莉・麥克琳（*1）有三分神似。

「我是這房間的主人。」

「這房間的主人？」女人環顧室內。

「是眞的。妳看，我有鑰匙。」我舉起自己的鑰匙，在她面前晃了兩下，「我只是把房間借給朋友，賺點外快而已。我跟朋友約好，使用的時間是晚上十點到早上六點，但現在已經……」我一看手表，嚇得目瞪口呆，「糟了，不快點準備的話，要遲到了！總之已經超過時間了，請妳離開吧。我會跟片岡酌收延後退房的費用。」

「片岡？誰是片岡？」女人皺眉問。

「片岡啊，帶妳來這裡的人。昨晚妳不是跟他在一起？」

「我不認識什麼片岡。」

「不認識？這不可能。」

「不認識就是不認識。」女人噘著嘴說。

「那妳到底是跟誰來的？誰把妳帶到了這房間？」

「誰啊……」她想了老半天，突然神情迷惘地問我：「是誰把我帶到這裡來的？」

我開始感到頭痛了。

＊1 莎莉・麥克琳（Shirley MacLaine，一九三四—）爲美國女演員，電影《公寓春光》的女主角。

「妳怎麼會不知道？難道妳是一個人來的？」

「呃……倒也不是……」女人撐著下巴，歪著腦袋，「有個人把我帶到了這裡來。」

「那就對了，我的問題就是那個人是誰？」

「這個嘛……我醉得七葷八素，根本不記得了。印象中好像是我在某個地方喝酒，然後有個男的跟我搭訕……那男的長什麼樣子啊……」

女人有著一頭短髮，她將手指伸進頭髮裡抓了抓，忽然像是想起了什麼，抬頭望著我，「等等，不就是你嗎？」

我差點仰天摔倒。

「妳別胡說八道，絕對不是我。我整晚睡在車子裡。」

「這裡是你的房間吧？」

「是啊。」

「既然是你的房間，不就是你把我帶了進來？」

「我剛剛說了，我只是把房間借給……」我說到一半，已懶得再向她解釋。我學她搔了搔頭，「算了，妳跟誰進來不重要，反正與我無關。總之請妳出去吧。」

女人這時突然瞪大了眼睛，伸手在毛毯裡掏摸一陣，接著大叫一聲。

「怎麼了？」我問。

她緩緩轉頭朝我望來，說：
「慘了……」
「什麼慘了？」我走上前問。
「你別過來！」她尖聲大喊。
「什麼啦，妳到底怎麼了？」
女人沉默了半晌，抬頭咕噥：
「我不能離開。」
「爲什麼？」
「昨晚沒有戴那個。」
「那個？」
我先是一愣，下一秒才恍然大悟。於是我查看了音響櫃裡的保險套，昨晚確實一個也沒用掉。
「你們該不會弄髒了我的床單吧？」我問。
女人輕輕拉起毛毯看了一眼說：
「好像沒弄髒。」
「那就好。」我鬆了口氣，接著問：「妳說不能離開，又是怎麼回事？」

「因爲……」女人呑呑吐吐了一會，才低聲說：「昨天是危險期。」

「危險期？噢……請節哀。」我搔了搔眼睛下方，「不過這跟我有什麼關係？」

「我要是就這麼回去，就查不出跟我上床的人是誰了。到時要是懷孕，我要找誰負責？」

「這關我什麼事？我怎麼會知道妳昨晚跟誰上床？」

「但那個人一定是你的朋友。」

「應該吧。我猜是片岡，但我也不敢肯定。」

「既然不敢肯定，你就應該去查個清楚。」女人賴在床上，緊抓著我的毛毯不放。

我開始感到胃陣陣抽痛。

「我爲什麼要去查誰跟妳上了床？」

「因爲這件事除了你之外，沒有人能幫我。你若敢拒絕，我就大聲尖叫，說你硬拉我進房間。」

「妳別亂來，要是妳這麼做，我會被趕出這棟公寓。」

「不想被趕出去，就乖乖聽我的話。」

我將雙手插在腰際，低頭看著女人，嘆口氣後說道：

「這件事打從一開始就是妳的錯，妳不該隨便跟著陌生人回家。」

「有什麼辦法，那時我喝醉了嘛。我這個人一旦喝醉，是絕對不可能用腦袋的。」女人說完後開始傻笑。

我忍不住想頂一句「就算沒喝醉也一樣。」但我強忍了下來。

「好吧，我們各退一步。我會想辦法幫妳查出昨晚那個男人是誰，一有消息立刻通知妳，但條件是妳必須乖乖回自己的家。」

「我才不要，你一定是想用這種理由騙我出去。我告訴你，我絕對不走。」女人鑽進了毛毯裡。

我不禁感到一個頭兩個大。雖然我很想繼續嘗試說服她，但繼續跟她攪和下去，上班一定會遲到。

我無計可施，只好自顧自地換起衣褲。最近這幾天幾乎沒有好好換過衣服，襪子臭得令我想吐。我打開衣櫥，取出乾淨的衣褲，把舊襪子扔進垃圾桶裡。就在我正打著領帶的時候，女人探出頭來問道：

「你要去上班？」

「是啊。」

「哪間公司？」

我說出了公司名稱。

「聽都沒聽過。」女人嘀咕。

「那可真是抱歉。」

「那條領帶不適合你。」

「吵死了！」我罵道：「今天我可以讓妳待在這裡，但只要一查出那個男人的身分，妳就得立刻離開。還有，絕對不能讓隔壁的人發現妳在我房間裡。」

「我能吃你冰箱裡的東西嗎？」

「隨便妳吃吧。對了，妳叫什麼名字？」

「理惠子。」

「姓什麼？」

「宮澤。」

「宮澤理惠子……妳在跟我開玩笑嗎？」

「是眞的，我眞的叫這個名字。」

「該不會是騙我的吧？」

「是眞的、是眞的。」女人像機械一樣上下擺動腦袋。

「眞倒楣，我怎麼會遇上這種事。」我一邊抱怨一邊穿鞋。

「路上小心。」女人自毛毯的縫隙間伸出手朝我揮了揮。

我走出房間，粗魯地甩上房門。

3

一到公司，我立刻找機會將片岡叫到了茶水間。

「對了，我正要把這個還你呢。」片岡從口袋掏出了昨天我借給他的鑰匙。

我搶下鑰匙，瞪了他一眼，氣呼呼地說：

「你要帶誰進房間不關我的事，但別給我添麻煩。總之我不會再把房間借給你了。」

片岡眨了眨眼睛，說：

「喂，你在生什麼氣啊？發生什麼事了？」

「那女人是你帶來的吧？」

「那女人？喂，等等，我可沒有帶女人進你房間。」

「昨天你不是跟我借了房間？」

「借是借了，但計劃全泡了湯。廣江說她臨時有事，沒辦法跟我約會。虧我還特地借了房間，眞是嘔死了。」

「這麼說來，你沒進我的房間？」

我凝視著他，但實在無法分辨他是否對我說了謊。

「發生什麼事了？」片岡一臉擔憂地問。

我將那個自稱宮澤理惠子的女人的事說了一遍，片岡聽得目瞪口呆，連忙搖頭說：

「那不是我幹的。昨晚沒辦法約會，所以我直接回家了。如果你不信，可以問我的家人。」

「但我房間的鑰匙是在你手上。」

「確實是在我手上沒錯，但眞的不是我，我不認識那個女人。」

「好吧，那你是不是把鑰匙借給了別人？」

「誰也沒借。」

「那可就奇了。除了你以外，其他人沒辦法進入我的房間。」

「不是我，眞的，我是無辜的。」片岡神情慌張地連連否定。接著忽然像是想起了什麼事，忽然一彈手指，「我知道了，一定是有人偷偷打了備份鑰匙。」

「偷偷打了備份鑰匙？爲什麼要這麼做？」

「可能是想趁你出差不在家的時候，偷偷用你的房間，這樣就能省下五千圓。」

我一聽，不禁暗自沉吟。依那些跟我借房間的傢伙個性，倒也不是不可能做出這種事。

「就算是這樣，還是有一點說不通。昨晚用了我的房間的傢伙，怎麼會知道昨晚我房間沒人？」我說。

「這麼說也有道理……這可令人想不透了。」片岡將雙手交叉在胸前。

「你有沒有告訴過任何人，昨晚約會取消的事情？」

「我告訴別人這種事情做什麼？」

「既然沒說出去，那傢伙怎麼會知道？」

「我認爲最可疑的人是本田。」片岡一邊說，一邊頻頻點頭，「沒錯，那傢伙很可能會幹這種事。而且那傢伙確實曾上舞廳把妹。」

「乾脆把所有跟我借過房間的人全都集合起來吧。只要這麼做，就能知道誰在說謊。」我下定了決心。

「沒問題，我贊成。」片岡用力點頭。

回到座位之後，我試著打電話回公寓。但打了好幾次，卻一直是通話中。我不禁暗自嘖了一聲。這代表那個女人竟然擅自使用我的電話。

我心情煩躁不已，忍不住以手指敲打著桌面。剛好此時葉山廣江走過我的面前，我趕緊叫住她。

「抱歉，我想問個古怪的問題，昨晚妳是不是原本跟會計部的片岡說好要約會？」

廣江吃了一驚，接著一臉羞赧地低頭說：

「片岡先生怎麼連這種事情也告訴朋友。」

仔細一瞧，她的眼眶已有些泛紅。

「不是的，妳誤會了。」我趕緊解釋：「他沒有到處宣傳，是我逼問他的。」接著我輕咳一

聲，問：「聽說你們的約會後來取消了？」

「啊……嗯……」廣江輕輕點頭說：「因爲我臨時有事……川島先生怎麼會問我這個？」

「沒什麼，只是想查一件事情。」我舔舔嘴唇，接著又問：「妳有沒有把取消約會的事情告訴別人？」

「沒有。」

「眞的沒有嗎？請妳再想清楚一點。」

廣江聽我這麼說，露出狐疑的眼神，問：

「請問你到底想查什麼事？是不是片岡先生跟你說了些什麼？」

「不是的，妳誤會了。既然妳沒說出去，那沒事了。」

我連連揮手，擠出笑容敷衍過去。

中午休息時間，我將片岡、本田及中山這三個人全叫到餐廳角落，對他們說出了睡在我房間的那女人的事。

「我不認識那女的。」本田搶先開口說：「昨晚借房間的是片岡，不是片岡的女人嗎？」

「眞的不是啦。」片岡急忙否認，「一定是有人拿備份鑰匙幹的好事。搞不好是爲了陷害我呢。」

「陷害你有什麼好處？」中山一面說，一面整理著頭上整整齊齊的旁分髮型。

「我怎麼知道？你應該去問那個人，怎麼會來問我？」片岡說。

「總而言之，絕對不是我。」本田說得慷慨激昂，「沒錯，我是常把妹。有時喝醉了酒，我在把妹的時候甚至不知道那個妹長什麼樣子。但我這個人打炮一定會戴套，這是厚生省一再宣導的事，我絕對會遵守。」他說完在桌上重重搥了一拳。

「嗯……」我心想，這三個人確實不像是敢做愛不戴套的人。

「喂，川島，你眞的不認識那個女人嗎？」中山對我投以懷疑的眼神。

「什麼意思？」

「搞不好是那女的從前跟你有一段情，她忘不了你，才故意闖進你房間賴著不走。什麼被男人帶進房間，全都是騙人的。」

「原來如此，傳說中的倒貼嗎？」本田說。

「絕對沒那回事。」我激動地搖頭，「如果是這樣，打從一開始，我就不會質問你們。那女的我眞的從沒見過，何況……」我嚥了口口水，接著說：「我從來沒有被女生這麼喜歡過。」

三人朝我上下打量，各自露出「有道理」的表情。

「我想到一個好辦法，把你們的員工證拿出來。」我說道。

「員工證？你要那個做什麼？」片岡問。

「員工證上頭貼了你們的照片，我拿給那女的看，搞不好她就想起來了。」

「好吧，為了證明清白。」中山說著便從證件套中抽出員工證。

「好，我的也給你。」

「盡管拿去查吧。」

另外兩人也跟著掏出了證件。

4

這天不用加班，我一下班便趕回了公寓。那女人正躺在床上，一邊吃著洋芋片，一邊看電視。

「你回來了。找到那個跟我上床的男人了嗎？」她的兩眼依然盯著電視看，態度一派悠哉，完全不知道她給我帶來多大的麻煩。

我關掉電視，將三張員工證擺在床上排好。

「妳仔細看看，應該是這三人其中一個。」

「噢……啊！」女人朝三張照片瞥了一眼，伸手拿起本田的員工證。

「是他嗎？」我問。

「不是。」女人搖頭說：「這張臉是我的菜，但我沒見過他。」

「我不管誰是妳的菜，我只要知道昨晚妳被誰挾去配了。另外兩個呢？是他們其中之一嗎？」

「唔……我也不知道。」

「妳再看清楚點。」

「我不記得了嘛。」

女人拿起手邊的遙控器，打開了電視。此時正在播放搞笑綜藝節目，女人突然哈哈大笑。

我感覺腦袋又開始隱隱抽痛。

「求求妳行行好，快離開吧。就算昨天是危險期，也不見得一定會懷孕。如果眞的懷孕了，再來找我也不遲，我保證一定會幫妳的。」

「不行不行，時間隔得越久，越不可能找到。」女人一邊說，一邊將手伸進洋芋片的袋子裡。

「但妳總不能一直待在這裡，妳的家人會擔心的。」

「啊，這點你可以放心，我剛剛打電話回家說過，今晚要住朋友家了。」

「今晚我也要睡在這裡。孤男寡女共處一室，妳不會擔心嗎？」

「你怕把持不住？」

「不是那個問題。」

「如果你敢對我亂來，我就認定昨晚那男人也是你。要襲擊我的話，就要有心理準備。」

女人說完這句話後，將視線移回電視畫面，再度開始傻笑。

我連衣服也沒換，轉身重新穿上鞋子。

「你要去哪裡？」女人問。

「肚子餓了，去買個便當來吃。」

「順便幫我買一個，我還要一塊炸雞。」

我重重嘆口氣，走出了房間。這一晚，我依然在沒有選擇的情況下答應讓女人留宿。她睡在床上，我則睡在地上。她的睡相很差，經常將雪白的大腿從毛毯裡伸出來。我好幾次忍不住想要撲上去，每次都是拉毛毯把頭蓋住，硬壓下心中的慾火。一整個晚上，我幾乎完全沒有闔眼。

隔天早上，我只喝了一杯濃濃的咖啡，便趕緊梳洗準備出門。如果不盡快離開這個空間，我恐怕會發瘋。那女人依然以撩人的姿勢在床上呼呼大睡。

就在我穿好鞋子的時候，忽然想起今天星期四，是丟垃圾的日子。於是我脫下鞋子，重新走回屋內。

我拿了一枚黑色垃圾袋，先把昨晚的便當空盒扔進去，接著拿起垃圾桶，以倒栽蔥的方式將裡頭的垃圾往袋裡倒。掉進袋中的垃圾只有少許紙屑，以及昨晚我扔掉的襪子。

這時我心裡總覺得有些不對勁。或者該說是一種難以形容的奇妙感覺。但這感覺到底是什麼，我也說不上來。我告訴自己，或許只是睡眠不足吧。

我拿著垃圾袋走出了房間。一看手表，比平常出門時間早了一小時。將垃圾袋放在垃圾收集場後，我轉身走向車站。不對勁的感覺一直在心頭揮之不去。那種感覺就好像某種非常重要的事物就在我的面前，而我卻視而不見。

我抱著這樣的心情走到車站，從上衣口袋中掏出了放著定期車票的證件套。就在這時，我看見一樣白色的東西落在地上。仔細一瞧，原來是揉成一團的面紙。於是我拾起那團面紙，扔進了附近的垃圾桶。

霎時之間，我的腦袋豁然開朗，令我感覺不對勁的原因清楚地浮現在我的心頭。我頓時驚愕得忘了呼吸。

那個臭ㄚ頭……

我一邊暗罵，一邊轉身往回走。

5

早上十一點。

我將車子停在路旁，目不轉睛地監視著自己所住的公寓。正確來說，是監視著進出公寓的人。至於公司那邊，我已經打電話請假了。

一定要抓到妳的狐狸尾巴……我瞪著公寓大門，心裡如此想著。

令我察覺不對勁的關鍵，就在垃圾桶裡的垃圾。

那個自稱宮澤理惠子的女人，聲稱她在前天晚上被某個男人搭訕，跟著男人來到了我的公寓房間，而且兩人發生了關係。

但如果是這樣的話，垃圾桶裡應該會有一大堆使用過的面紙才對。而且我可以肯定那女人並沒有清理垃圾桶，因爲我昨天早上扔掉的襪子，還好端端地在垃圾桶裡。

換句話說，那女人打從一開始就騙了我。她是自行走進了我的房間，而不是被男人帶進來的。

既然是這樣，她爲什麼要假裝是跟著男人進來的？

理由很簡單，多半是爲了賴在我的房間裡不走。而且她得逞了，我確實因爲她的瞞天大謊而無法將她趕出去。

然而問題就在於她來我的房間做什麼？又是基於什麼目的而非留在我的房間裡不可？

可以肯定的一點，是她的目的絕對不是我。一來她根本不認識我，二來我多少有點自知之明。

這意味著她留在房間裡的目的，就只是爲了留在房間裡。

我心中推測她的目的應該是郵件吧。因爲某種不明理由，她有個很重要的郵件會寄到我的房間，所以她非留在我房間裡等不可。

這棟公寓的信箱並非設在各房間的門口，而是統一設在一樓的入口處。若是一般的平信，都會被放在門口的信箱裡，但我猜她在等的是掛號或限掛，因此一定要待在房間裡才行。

大約十一點二十分左右，我苦苦等候的郵差終於出現了。那郵差戴了副眼鏡，身材頗爲矮小。我目不轉睛地看著他的一舉一動。但這個郵差似乎只負責寄送平信，他在入口處的信箱放了幾封信後就轉身離開了。而且我的信箱一封信也沒有。

我不禁大爲沮喪，忍不住將臉貼在方向盤上。就在這時，一輛小型廂型車停在我的面前。一個年輕人走下車來，打開後方車門，裡頭堆滿了瓦楞紙箱。

那是快遞業者。我急忙挺直了腰桿。

年輕人疊起兩個紙箱，以雙手環抱。紙箱的大小接近一斗罐（*1），似乎相當沉重，年輕人有些搖搖晃晃，但他還是勉力捧著兩個紙箱走進公寓裡。

我將上半身探出車窗，抬頭望向公寓二樓。從我所在的一樓位置也能勉強看到二樓房門的上半截。我的房間是從左邊數來的第二間。

我看見我那房間的房門打開，不一會又關上。過了沒多久，快遞員便走出了公寓。

*1 一斗罐是日本常見的罐裝容器，內容量爲一斗（日本舊制一斗爲十八公升），故俗稱一斗罐。

我頓時恍然大悟。原來那女人在等的不是會送到房門口的掛號或限掛，而是快遞的包裹。

就在我正猶豫著不知接下來該採取什麼行動的時候，我房間的房門再度開啓。我趕緊在車內伏低了身子。

那女人走出了公寓，臉上濃妝豔抹，肩上揹了一個小提包，並沒有將快遞員送來的箱子帶走。

直到那女人彎過轉角之後，我才下了車。

我走進公寓，來到了自己的房間門口。首先我試著拉動門把，發現門上了鎖。這是件相當詭異的事情，照理來說我的房間門鎖只有兩把鑰匙，如今兩把都在我身上，那女人是怎麼把門鎖上的？

我帶著滿心納悶掏出鑰匙開鎖，拉開門板。剛剛快遞員辛苦搬上來的兩個紙箱，就並排在房門口。

我在紙箱前蹲下，查看紙箱上所貼的送貨單。收件地址確實是我的房間，收件人姓名是聽都沒聽過的「宮澤商會」，而寄件人……

赫然是我上班的公司。

6

下午一點多，我一踏進公司，同事都露出納悶的表情。

「你今天不是感冒請假嗎？」組長問道。

「原本是感冒了，但現在燒已經退了，我想到昨天還有工作沒做完，就來上班了。」

「噢……你來上班不是不行，但可別把感冒傳染給別人。」組長一邊揮手一邊說道。那動作簡直像在驅趕煩人的蒼蠅。

我回到自己的座位上，開始以電腦調查一些事情。當我偶然間抬起頭來時，我發現葉山廣江正在遠處看著我，但我沒有理她，繼續處理手邊的事情。

查完了想查的事情，順便打了兩通電話之後，我起身尋找葉山廣江。她正站在影印機前，我望向她，她也正望著我。兩人視線相撞，彷彿擦出了火花。

我使了個眼神後走出辦公室，在走廊上等了一會，她也走了出來。

「我們到屋頂上談吧。」我提議。

她默默點頭。

今天天氣不錯，屋頂上的風並不強。我一從樓梯間走到屋頂上，立即轉頭面對葉山廣江，假裝若無其事地說道：

「東西在我手上。」

她凝視著我，半晌後輕輕一笑，說道：

「我就知道。」

「那女的跟妳聯絡了？」

「下午的時候，她打了電話給我，說她出門開車子回來載貨，卻發現貨已不在房間裡。我一聽，就知道是川島先生幹的好事。否則的話，你不會剛好在今天請假。」

「我一直在公寓門口守著。」

廣江故意誇張地聳了聳肩，說道：

「直美說她把你騙得團團轉，但原來你根本沒上當。」

「那女的叫直美？」

「沒錯。」

「至少在今天早上之前，我確實被她騙得團團轉。」我轉頭望向遠方，接著又將視線移回廣江的臉上，問道：「妳們偷走那玩意要做什麼？」

廣江避開了我的視線，並沒有回答這個問題，嘴角卻漾起了頗有深意的微笑。

紙箱的內容物，是裝在金屬罐裡的有機溶劑甲苯。一罐二十公升裝，兩個紙箱內各有一罐。

我一看到這兩罐甲苯，登時明白了幕後黑手的動機。

幕後黑手做這些事的最大用意，就是要把這兩罐甲苯偷偷帶出公司。但這玩意又大又重，絕不可能藏在身上帶出去。幕後黑手於是想到了一個辦法，那就是利用快遞。從公司委託快遞將貨品寄到另一家虛構的公司。

而我的房間被當成了這家虛構公司的辦公室。

幕後黑手多半並不知道那是我的房間，可能誤以為那房間平常沒有人住，就算偷偷拿來利用也不會被人發現。

爲什麼會這麼認爲？因爲有人這麼告訴幕後黑手。

我記得當初片岡借用我的房間時，是這麼對葉山廣江說的：「那是我的備用房間，有需要才會去那裡住。」

於是我試著假設葉山廣江就是幕後黑手。在這個假設之下，我發現一切都解釋得通了。

第一，她要偷打我的房間鑰匙一點也不難，因爲片岡有時會把鑰匙交給她保管。第二，她當然知道她跟片岡的約會臨時取消，因爲她就是當事人。

此外還有第三點，那包裹裡放的是甲苯，這並不是常見的東西。幕後黑手應該不是偶然在公司倉庫裡發現有這東西，因而起了盜心。多半是一開始就抱著要偷走的主意，特地向業者訂購的。能夠擅自對外訂購貨品的人，唯有資材部的職員。

我剛剛已使用電腦調閱了這一個月來的有機溶劑訂購紀錄。其中有一筆是技術部委託訂購了兩罐二十公升裝的甲苯。這項貨品在三天前送達公司，並已由技術部的負責人員領走了。負責處理這項訂購事務的職員，正是葉山廣江。

於是我打了電話到技術部確認這件事，負責人員的回答是他們根本沒有訂購什麼甲苯。

「是不是要賣掉？」我看著廣江的側臉問：「妳們打算把那些甲苯賣掉，對吧？」

廣江緩緩轉過頭來說：

「沒錯。」

「賣給黑道嗎？」我問。

廣江搖頭說：

「要是賣給黑道，肯定賣不了好價錢，何況我們可不想跟黑道扯上關係，所以我們打算自己想辦法賣掉。先分裝在營養飲料的小玻璃瓶裡，直美跟她的同伴會拿去兜售給需要的人。她在這方面知道很多門路。」

「那些甲苯能賣多少錢？」我問。

廣江將頭微微歪向一邊，說：「一百西西裝的小瓶子能賣三千圓，那些大概有一百二十萬吧。」

「那可是原價的幾十倍。」我不禁搖了搖頭。

「就是有人會買。」

「我想也是。」

我曾在報紙上讀過，對於那些有吸膠習慣的少年來說，純度百分之百的甲苯可是最高級品。

「川島先生，能不能把那東西還給我？只要你還給我，要我做什麼都行。」廣江以又嗲又膩的聲音這麼說。

我頓時感覺全身寒毛直豎。

「不行，我打算辦理退貨。我會告訴對方，我們訂錯了東西。」

「我就知道你不會答應。」她似乎不特別沮喪，「川島先生，你會把這件事告訴公司的人嗎？」

「只要妳答應不再做這種事，我不會打小報告。」我說。

廣江一聽，不知想起了什麼，竟突然哈哈大笑。

「妳笑什麼？」

「直美說你是個爛好人，果然沒錯。」

我不知該回答什麼，只能板起臉。

廣江笑了一會，忽然說：「我打算下個月辭職。」

「辭職？爲什麼？」

「上班實在很無聊，公司裡又沒有好男人。」

「妳不是跟片岡在交往嗎?」

她一聽，又嗤嗤笑了起來，說：

「那個人老土又小氣，我早就厭煩了。再怎麼說，偶而也該帶我住住大飯店的高級套房。」

「……噢。」

「好吧，該說的都說完了。」

廣江伸手輕輕一揮，轉身走進了樓梯間。

我故意稍微等了一下才下樓。一走進辦公室，便看見片岡在我的座位旁等著我。

「那女人的事查得怎麼樣了?」

「噢，那件事已經解決了。」

「解決了?怎麼解決的?」

「總之你可以別管這件事了。」

「已經蹚了渾水，總不能說不管就不管……喂，你怎麼臉色有點難看?啊，我明白了，那女的果然跟你有段孽緣，所以你心裡很煩惱，對吧?既然如此，你大可以找我商量，只要跟女人有關，我可是萬事通。」

「只要跟女人有關，你就是萬事通?」

「沒錯。」片岡說得振振有詞。

「好吧，你確實挺有看女人的眼光。」

我點點頭，深深嘆了口氣。

再判一次吧

1

腳掌的小趾處在穿不慣的皮鞋裡隱隱抽痛，但我不能停步。我只能選擇使盡吃奶力氣往前狂奔。在有如迷宮般的狹窄巷道裡奔跑實在不是件輕鬆的事，但我相信逃的人不輕鬆，追的人肯定也很吃力。

不知從什麼時候開始，阿昇已經從我的背後消失了。或許是被警察逮住了吧。他曾說過自己從小到大從不曾熱衷於任何體能運動，跑不過警察也是理所當然的事。但現在的我根本沒心思去管阿昇，只能咬緊牙關不斷抬起我的大腿。驀然間，高中時奮力奔跑在運動場上的回憶湧上了心頭。耳畔迴盪著學長的呼喊聲、教練的呼喊聲，以及我自己的呼喊聲。

那已經是好久以前的事了。

直到後頭似乎已無人追趕，我才停下了腳步。太久沒有跑步，此時我不僅感到肺部疼痛不已，而且腦袋嗡嗡作響。我坐在路旁的塑膠桶上，慢慢調勻呼吸。

雖說後頭沒有人，但畢竟不能在這裡停留太久。一路上好幾個人目擊了我的逃亡路線，警察馬上就會找到這一帶來。

我搖搖晃晃地站起，望向電線桿上標示的地址。剛剛只顧逃命，根本不知道自己身在何處。

標示牌上寫著「××町三丁目」。

我腦中的第一個念頭是「好巧」，但下一秒，我明白這稱不上是什麼巧合。當初阿昇將犯案計劃告訴我時，我就已經發現了這件事。

犯案地點離「那個混蛋」的家很近。

我暫時將逃亡一事拋諸腦後，開始依著標示牌上的地址尋找「那個混蛋」的家。過去我曾數次利用地圖確認過那棟屋子的位置，早已記得滾瓜爛熟。

沒過多久，我便找到了那棟屋子。那是一棟狹小的日式獨棟建築，周圍有著一排籬笆。門邊的牌子上寫著四個毛筆字：「南波勝久」。

——這裡就是「那個混蛋」的家。

遠方傳來警車的警笛聲。我一咬牙，拉開籬笆門躲了進去。

籬笆的內側也種了許多樹木，我在屋子的門前往右轉，進入了庭院裡。屋子面對庭院的方向有一扇玻璃門，門內似乎是廚房，看起來一個人也沒有。

我朝那玻璃門走近兩、三步，外頭忽傳來呼喊聲。

「南波先生！」

我嚇了一跳，趕緊躲在屋子的陰暗處。偷偷往玄關的方向一看，有個警察也正在籬笆外探頭探腦。我一驚，急忙將頭縮回來。

「好像不在家。」

那警察對著身邊說，看來警察不止一人。過了一會，我聽見警察離去的聲音。

這些警察一定是在找我，而且他們多半會提醒附近居民提高警覺。

我不禁想像起警察的包圍網有多麼嚴密。是否只要是形跡可疑的男子，全都會遭到盤查？像我這樣的人如果走在路上，是否一定會引起警察注意？

我越想越是後悔，當初實在不該參與阿昇的計劃。

我靜靜在原地躲了一會，外頭又傳來打開籬笆門的聲音。我自陰暗處探出頭來一瞧，一個頭髮花白的削瘦男人正拿著鑰匙準備打開屋子的大門，手上還拎著便利商店的白色塑膠袋。

那張側臉確實是南波勝久。我感覺一股難以壓抑的情緒頓時湧上心頭。

我躲在瓦斯桶後頭，觀察著南波的一舉一動。南波走進屋內後，不一會出現在玻璃門的內側。或許是為了讓屋內通風，他打開玻璃門，拉上紗門。

我壓抑住想要衝出去的衝動，繼續躲在瓦斯桶後。我可以肯定屋裡除了南波之外沒有其他人，但這時若衝出去，他一定會大聲嚷嚷，驚動附近鄰居，到時候我恐怕是插翅也難飛了。

接著我聽見沖水聲，他走進了廁所裡。

於是我走進庭院，毫不猶豫地穿著鞋子踏進屋內，進入廚房。屋內相當陰暗，為了避免被外頭的人看見，我拉上窗簾。接著我躲在門邊，從外套內側口袋掏出小刀。

我聽見打開廁所門的聲音，接著是在走廊上走路的腳步聲。握著小刀的手掌已滿是汗水。

就在看見那一頭白髮的瞬間，我將小刀伸到對方面前。

「不准動！」

南波霎時全身靜止不動，簡直像是按下了錄放影機的暫停鍵。接著他緩緩轉過頭來，問：

「你是誰？」

「你不必知道我是誰。」

我暫時還不想讓他知道我的身分。

「慢慢走向椅子，坐下。」

南波照著我的指示，挺直腰桿坐在廚房的椅子上。

「把兩隻手伸到椅背後面，手腕靠在一起。」

南波也照著做了。我拿起一旁的毛巾，將他的雙手緊緊綁住。

「聽說一丁目的老婆婆遭人搶劫，那是你幹的吧？」

南波的聲音相當沙啞，或許是擔心說話太大聲會遭到殺害。

「消息已經傳開了？」

「有個熟識的警察告訴我的。你連老人的錢也搶，眞是太可惡了。」

「你放心，我並不打算搶你的錢。但如果你敢大呼小叫，我會搶走你的命。」我一面恫嚇，一面以小刀的刀面在南波的臉頰上輕觸。他嚇得全身不敢動彈。

「你……你要在我家待到什麼時候？」南波瞪著我問。

「這我也不知道。現在外頭到處是警察，我得在這裡躲上一陣子。等到沒有警察，我就會離開了。」

「你以爲能逃得掉嗎？」

「當然。」我湊過去說：「我向來對自己的跑步速度很有自信。」

南波此時一臉驚愕。

2

三天前，阿昇打電話到我住的公寓，說他有個賺大錢的計劃。我在小鋼珠店上班，小鋼珠店的斜對面有間帶有賭博性質的麻將館，阿昇是麻將館的店員。

「但有點危險。」他壓低了聲音說。

「你想做什麼？」我問。

「見了面你就知道了。」

話筒另一頭傳來頗有深意的笑聲。

「有幾個人參與你的計劃？」

「目前只有我跟高志。」

高志是個無業遊民，目前受一個年紀老大不小的酒家女包養。

「你說有點危險，意思是被抓到的話會很慘嗎？」

「很慘，至少得吃幾年牢飯。但我們這種人生失敗者要出人頭地，總是得下一些賭注。」

我沉默了半晌沒有說話。

「如果你想加入，今晚下班後到我房間來吧。」

阿昇說完這句話便掛了電話。

我一邊工作，一邊煩惱著不知該不該加入。過去我曾數次跟著阿昇敲詐他人財物，也曾專挑乖乖牌學生勒索，但從阿昇這次的口氣聽來，他想幹的事情絕對不是像往常那樣只是賺點外快的程度而已。

人生失敗者這個字眼在我的腦海揮之不去。這字眼形容得眞好，我確實是個失敗者。自從高中時期，我就徹底失敗了，如今只能遊走於社會最底層。

「喂，阿豐，我不是叫你去掃廁所嗎？」

我正躲在店裡角落抽菸的時候，新島店長那蠢蛋突然跑了過來，在我的頭上敲了一記。這傢伙雖然是店長，不過也是領人薪水的身分，竟然對我頤指氣使。他見我沒有回話，抓住了我的衣領，罵道：

「你那是什麼眼神？對我有什麼不滿就說出來。」

「沒有。」

我勉強壓抑下快要爆發的怒火，擠出了回答。

「既然沒有，還不快點去掃！」

新島放開了我的衣領。就在這時，一個中年婦人走了過來，說道：

「我把錢放進機器裡，但沒有掉珠子出來，快幫我看看。」

「啊，眞的嗎？實在非常抱歉，請問是哪一臺機器？」

新島的表情瞬間轉變，露出謙卑的笑容，跟在客人後頭走了。

我心裡即使有一百個不願意，還是只能走進廁所裡，一邊聞著阿摩尼亞的臭氣，一邊以垃圾夾將小便斗裡沾滿尿液的菸蒂夾出。

——這是堂堂二十歲男人該做的事嗎？

我心裡不禁冒出了這個想法。

「有個老太婆很有錢。」阿昇劈頭便對我說出這句話，接著他又進一步解釋：「她一個人住，很少跟附近鄰居往來，而且把大筆現金藏在家裡，不肯存入銀行。」

「有些老人不把錢放在身邊就不安心，其實放在身邊更加危險哩。」

高志賊頭賊腦地笑了起來，露出黃色的牙齒。由於他曾經吸膠成癮，牙根都萎縮了。

「你打算趁老太婆不在的時候溜進去偷錢？」我問。

阿昇皺眉說道：

「那太痲煩了，何況不見得能找出錢藏在哪裡。我們直接趁老太婆在家的時候，裝成推銷員上門拜訪，只要能進入家裡，還怕她不乖乖聽話？」

「要裝成推銷員，得要有西裝、領帶這些行頭才行，而且款式還不能太花俏，我可一件都沒有。」高志說道。

「阿豐，你呢？」阿昇問我。

「我有一套，款式相當樸素。」我說。

當初我原本想當個正常的上班族，所以忍痛拿出少得可憐的存款買了一套西裝，但最後沒有獲得錄用。

「正是樸素才好。既然是這樣，就由我跟阿豐假扮成推銷員，高志在外頭把風。你不是說過，你能向朋友借到車子嗎？當天你就把車停在老太婆的家附近，一有風吹草動就趕緊通知我們。」

「要怎麼通知你們？」

「我有個法寶。」

阿昇從衣櫥裡取出一個小盒子。打開盒蓋一看，裡頭有兩臺看起來像收音機的儀器。

「無線電通話機？」我問。

「沒錯。」阿昇揚起嘴角，「有個電器行老闆打麻將輸了不少錢，他拿不出現金，就拿店裡的商品來抵債，我分到了這玩意。」

「收訊效果好嗎？」

高志拿起其中一支通話機，走到房門口。

「這還需要懷疑嗎？」

阿昇操作起剩下的那支通話機，拿到嘴邊說了一句，「今天天氣不錯。」

「哈哈哈，聽見了、聽見了。」

「何時動手？」我問阿昇。

「趁大家還沒有改變心意之前。」阿昇說道。

我回家之後，拿出地圖查了老太婆的住家位置。當時我便已察覺那地方距離南波勝久那混蛋的家很近。

老太婆的家是棟古老的木造平房。我原本有些驚訝，這年頭竟然還有這樣的老舊屋子，但轉頭看看四周，類似的屋子著實不少。就算景氣再怎麼好，這個世間也不會只剩下有錢人。

老太婆一看見我們，臉上露出了些許警戒之色。不過那似乎並非因爲懷疑我們不是推銷員。正因爲相信我們是推銷員，她才提高了警覺。

「我沒那種閒錢，你們快走吧。」

我們的說詞是有件商品對儲蓄很有幫助，老太婆聽了卻不爲所動，只像趕蒼蠅一樣揮動手掌。她只把門開了一道小縫，從縫隙裡看著我們，絲毫沒有讓我們進屋的意思。如此老舊的破屋，門上竟然加裝了門鍊。我一顆心七上八下，害怕引起附近鄰居懷疑。

我們跟她僵持了好一會，她的態度絲毫沒有改變，最後阿昇說道：

「既然如此，我們就先告辭了，但請您務必收下我們準備的禮品及商品介紹手冊。」

老太婆聽到禮品兩字，表情有了些許變化。我見機不可失，趕緊從公事包裡取出一個盒子。那只是一個空盒，外頭包著知名百貨公司的包裝紙。

「唔……既然要免費送我，我就收了。」

老太婆先將門關上，取下了門鍊，又將門打開。我立即抓住門把，用力往後拉扯。老太婆張口大喊，阿昇趕緊衝上去摀住她的嘴，順勢推著她走進屋內。我也急忙跟上，轉頭朝門外看了兩眼後將門關上。

就在這一瞬間，我的心臟重重震了一下。因爲我看見對面屋子的二樓窗戶似乎有道人影微微晃動。

「對面的鄰居可能看見了。」我說。

「什麼？」

阿昇垮下嘴角，將老太婆交給我處置，拿起無線電跟高志聯絡。我以厚膠帶捆住老太婆的雙手及雙腳，在她的嘴裡塞入封口帶。

「聽好，只要發現任何不對勁，一定要立刻通知我。」

阿昇結束了與高志的通話後，掏出小刀，刀尖對準老太婆，取下封口帶問：「老太婆，錢在哪裡？」

「我沒有錢。」老太婆搖頭回答。

「別想裝傻，我們可是查得一清二楚，妳把老公留下的遺產都換成了現金，藏在家裡頭。如果妳想要多活幾年，就老實說出來。」

阿昇將刀刃抵在老太婆那滿是皺紋的臉頰上。

「要殺要剮隨便你，反正我本來就沒有幾年好活了。」

「是嗎？既然如此，我就先殺了妳，再來慢慢找錢。」

阿昇以刀尖輕輕碰觸老太婆的喉嚨，老太婆突然嚎啕大哭，喊道：

「別殺我！別殺我！錢藏在……藏在壁櫥內的棉被裡！」

阿昇朝我使了個眼色。我拉開因太過老舊而變成了茶褐色的壁櫥拉門，裡頭確實有一條棉被。那棉被又髒又潮濕，還飄出一股老人特有的臭氣。

壁櫥的最底下還有一枚座墊，摸起來觸感有些不對勁，撕開來一看，裡頭竟全是一疊疊的紙鈔。阿昇一看到那些紙鈔，忍不住吹了聲口哨。

「求求你們別全部拿走……留下一半給我吧。」

「少囉嗦！」

阿昇拿起封口帶，正要重新給老太婆套上，無線電突然響起呼叫鈴聲，接著便傳出高志的聲音：

「有條子！往你們那邊走去了！」

我與阿昇霎時面面相覷。

「糟糕，我們快躲起來！」

阿昇剛說完這句話，老太婆突然扯開喉嚨大喊：

「警察先生！救命啊！」

聲音宏亮得令人不敢相信那發自於一個老人之口。阿昇想要摀住老太婆的嘴，卻已經太遲了。下一秒，門口傳來敲門聲。

「閃人！」

我打開旁邊的窗戶，跳出了窗外。阿昇抱起那枚塞滿了紙鈔的座墊，也跟著跳了出來。我們在狹窄的巷子裡全力奔跑，不一會後方傳來腳步聲。我轉頭一瞧，兩個制服警察正追趕在後。

我使盡了吃奶力氣拔腿狂奔。

3

時鐘指著晚上九點鐘。我打開電視，轉至新聞臺，首先播報的是外國新聞。

「你們的事就算要上新聞，也不會這麼快。」南波勝久呢喃道。

「別多嘴，你以爲我不知道嗎？」我不屑地罵他。

南波嘆了口氣，閉上眼睛。

我取出一根菸。這已經是菸盒裡的最後一根。我點了火，深深吸了一口，接著在室內左右張望。牆壁上掛著一副相框，裡頭的照片是一大群身穿棒球制服的男人的合照。那是一枚黑白照片，看起來相當老舊，光從制服造型及照片的變色狀況，便可看出這張照片的悠久歷史。

「你也在這裡頭嗎？」

南波聽見我的聲音，睜開眼睛說道：

「你不是叫我別多嘴？」

「回答我的問題。」

我拿出刀子晃了兩晃。南波朝照片輕輕瞥了一眼，只簡短地應了聲「嗯」。

我走上前去，仔細看那張照片，一下子便找到了照片裡的南波。他在照片裡的塊頭比現在大得多，臉孔當然也年輕得多，但眼睛附近的相貌跟現在並無多大差別。照片裡的年輕南波身上制服縫著數字五。

「你是三壘手？」我問。

「嗯。」

「照片裡的年紀看起來不像是高中生。」

「那是大學時拍的。」

我哼了一聲，說：

「家境挺不錯嘛。拿家裡的錢上大學，還有閒工夫打棒球。」

「我的生長環境確實不差，但也付出了不少努力。」

「你這叫人在福中不知福。」我的語氣中帶著恨意與妒意，「你打棒球打到什麼時候？」

「大學讀到一半就沒打了。」

「爲什麼？」

「手肘受了傷，沒辦法再投球。原本想當職棒選手，但也只能放棄了。」

「嘿嘿，受傷得好。這樣你才會知道日子沒那麼好混。」

「當時我也這麼想。」

南波的聲音低沉而平淡，簡直不像是個正在遭強盜持刀威脅的人，我聽了反而有些不知所措。

「棒……棒球這種東西，說穿了不過是娛樂，有些人把它當成人生的意義，真是太愚蠢了。你能夠及早放棄，也是件好事。」

南波聽我這麼說，遲疑了半晌說道：

「你這麼說也對，那確實很愚蠢。但我畢竟還是忘不了棒球，後來……」

「夠了，別說了！」我揮舞刀子，瞪著他說：「我才不管你後來發生了什麼事！那都是沒有意義的事情！」

南波見我破口大罵，臉上的表情並非恐懼，而是困惑。過了一會，他突然放鬆了原本緊繃的情緒，說道：

「沒錯，那都是沒有意義的事。」

我哼了一聲，轉頭望向電視。新聞節目正在播報政治家貪汙的新聞。

「每天的新聞都大同小異。」

我拿起桌上的遙控器，不耐煩地一次又一次按下轉臺鍵。每一臺的節目都無聊至極。按回原本的新聞節目，女主播下方的字幕赫然寫著「××市獨居老人家中遇劫　歹徒逃亡中」。我趕緊湊了過去，調高電視的音量。

「……兩名搶匪偽裝成推銷員，闖入了山田女士的家中。他們綁住了山田女士的手腳，威脅她若不交出財物就要殺了她，最後兩人成功奪走放在壁櫥裡的現金約兩千萬圓。所幸附近鄰居察覺不對勁，趕緊通報警察，員警趕到現場，對兩名嫌犯展開追捕。數分鐘之後，嫌犯之一落網。這名落網的嫌犯是居住在○○市的中道昇，今年二十一歲，平日在麻將館工作。警方並在這名嫌犯身上找到了所有贓款。此外在犯案現場附近，警方還發現了另一名形跡可疑的年輕男子，這名男子身上帶著無線電通話機，型號與歹徒遺留在現場的無線電通話機相同。警方懷疑這名男子也是共犯之一，正在進行深入調查。」

我早就猜到阿昇被抓了，但沒想到連高志也已經落網。這讓我心中抱著些許自暴自棄的念頭，看來我遲早也會被逮住。阿昇曾說過，要出人頭地就得賭一把，但如今看來像我們這種人生失敗者，就連幹強盜也不會成功。

電視上的女主播接著又說道：

「根據落網的嫌犯中道昇的供詞，目前尚在逃亡中的嫌犯是居住在○○市的芹澤豐，今年二十歲，平日在小鋼珠店工作。警方研判嫌犯芹澤目前還躲在××市內——」

我關掉了電視。

屋裡沒有任何聲音，氣氛頓時變得異常凝重。日光燈發出的吱吱聲響，此時聽來特別刺耳。我從冰箱取出一盒牛奶，沒有倒在杯子裡，直接就口喝了。接著我抹去嘴角的牛奶，重重嘆了口氣。

轉頭一看，南波正凝視著我。

「怎麼，我臉上有什麼嗎？」我問。

「你……姓芹澤？」

「是啊，不可以嗎？」

「沒什麼。」

南波搖了搖頭，低頭看著桌面。但過了一會，他又抬頭朝我偷看。一跟我四目相交，他又急忙移開視線。

我心想，難道他已回想起我的身分？但我旋即否定了這個推測，他絕對不可能還記得我。對他而言，那只不過是數千、數萬次判決的其中之一而已。

4

十點多的時候，我聽見外頭傳來說話聲，於是將窗簾偷偷拉開一道縫隙往外窺探。兩名警察自屋子旁的道路走過，我趕緊將頭縮了回來。

「這些警察眞是難纏，我到底什麼時候才能離開……」

我不禁表現出了懦弱的一面。

「你爲什麼要搶那位老婆婆？」

南波沉默了好一會後，突然低聲問我。

「因爲她有錢。一個老太婆拿著兩千多萬有什麼用？不如送給我們更有意義，你不這麼認爲嗎？」

「但如果被警察逮捕，可就得不償失了。前科這種東西，絕對是有害無益。」

「你在對我說教嗎？」

「不是，我只是想告訴你，這麼做划不來。」

「所以應該腳踏實地工作？別開玩笑了，像我們這種人就算再怎麼努力，也只能做些吃力不討好的工作。既然如此，不如賭一把。」

我忍不住朝桌子踹了一腳。

「你沒有畢業？」

「什麼？」

「你應該讀過高中吧？」

南波一臉認眞地看著我問道。我不禁感到納悶，他怎麼會突然問出這個問題。

「噢……只讀到三年級的秋天而已。」我說。

「秋天……那不是快畢業了嗎？那一年夏天發生了什麼事？」(*1)

「少囉嗦，你只要擔心保不保得住性命，別來管我的閒事。」

*1 日本的學校爲三學期制，學年結束於每年的三月底。

我以握著刀子的手在桌上重重搥了一拳。刀柄在桌面上撞出了凹痕。

南波又沉默片刻後說道：

「你肚子餓了吧？來這裡之前，應該什麼也沒吃吧？」

我沒有答話，他接著又說道：

「我剛剛在附近的便利商店買了泡麵，就在那個袋子裡。如果你想吃，可以拿去吃。熱水瓶裡應該有熱水。」

我按著自己的肚子，看了看電視旁的塑膠袋，又看了看南波。這時我確實早已飢腸轆轆。

「好，那我就吃了。」

我撕開泡麵的塑膠膜，拉開蓋子，往裡頭倒入熱水。南波慫恿我吃東西有何用意，我實在想不出來。

「離開這裡之後，你有何打算？」

我正忙著將麵條塞進嘴裡，南波突然問：

「警察已經知道你的名字，你想要回歸正途，恐怕不容易了。」

「這種事等成功逃走之後再想也不遲。」

「要不要乾脆自首算了？」

「你說什麼？」

我瞪大了眼睛。

「老婆婆好像沒有受傷，錢也拿回來了。你這時自首，罪名應該不重。」

我握起小刀，舉到南波面前。

「你以爲你是誰，能對我下命令？」

「你還年輕，還有機會重新做人。」

「我說了，不准命令我！這種話從你嘴裡說出口，更讓我一肚子氣！」

我站了起來。就在這時，外頭傳來男人的呼喊聲。

「南波先生！南波先生！」

接著是一陣敲門聲。

「這聲音……他就是我剛剛說過的那個跟我很熟的警察。他知道我已經回到家了，如果我沒有回應，他一定會起疑。」

「少囉嗦，不准給我說話，我可不會被你騙了。」

我站在南波的身邊，屏住了呼吸，豎起耳朵聆聽。那警察的腳步聲自大門口繞向廚房前方的庭院。我擔心對方會從窗簾縫隙間看到我，內心忐忑不安，全身彷彿有把火在燒。

「快放開我的手，我不會害你。」南波說道。

我一時猶豫不決，他神情嚴峻地低聲喊道：「快一點！」

於是我解開他手上的毛巾，接著轉身逃進後頭的走廊。下一秒，外頭傳來敲打玻璃門的聲音。

「南波先生！南波先生！」

「來了，來了。」

南波應了兩聲，接著我聽見打開玻璃門的聲音。

「警察先生，有什麼事嗎？」

「啊，你果然在家。那強盜案的共犯之一還沒有落網，而且應該就躲在這附近，所以我們持續地巡邏這一帶。」

「眞可怕。」

「南波先生，爲了安全起見，建議你把遮雨板關上。還有，二樓的房間最好也打開電燈。」

「好，沒問題。辛苦你了。」

不一會，我便聽見掩上遮雨板的聲音。我等到所有聲音都消失後，才走回廚房。

「最好暫時別出去。」南波看著我說道。

「你爲什麼要騙警察？只要你實話實說，現在我已經被逮捕了。」

「因爲我希望你自首。在自首之前，你不能被逮捕。」

「我眞不明白，你爲何這麼關心我……？」

「那我反問你，爲什麼你會跑到我家來？」

我聽到南波這個問題，一時啞口無言。他接著又說道：

「因爲你認爲這是我的錯，對吧？你認爲自己淪落到這個地步，全是我的錯，對吧？」

我深深吸了一口氣，接著緩緩吐出。

「你已經知道我是誰了？」

「聽到你的姓名之後，我更加肯定自己沒有猜錯。你是開陽高中的芹澤選手。其實在聽到你的姓名之前，我早猜想會不會是你了。因爲你在我心裡留下了深刻的印象。」

「少胡說八道。」

「我沒有胡說八道。正因爲認出了你，我非常能夠理解你的心情。」

南波的態度相當沉著冷靜，令我有些心裡發毛。我打開水龍頭，將嘴湊上去喝了一口。

「沒錯，這一切全是你的錯。」我轉頭面對南波，咬牙切齒地說：「我淪落到這個地步，全是你的錯，全是因爲你作出了錯誤的判決。」

「我知道，你指的是你那次『出局』。」

「那應該是『安全上壘』！」

我大喊。

5

兩年前的夏天。

我參加的棒球隊打進了地區預賽的總決賽。只要再打贏這一場，就能前往大家夢寐以求的甲子園了。

比賽剛開始的前幾局呈現投手戰的局面，雙方都幾乎沒有打者上壘。每個人心裡都認爲先拿到一分的隊伍就能贏得比賽。

進入中間幾局的時候，戰況開始有了變化。我們高中率先取得兩分，但下半局輪到對方攻擊，被追回一分。

在我們高中領先一分的情況下，比賽進入了尾聲。我們高中的加油席上每個人都興奮得不得了，熱鬧得像在舉辦祭典一樣。但我們這些實際參加比賽的球員卻沒有心情跟著手舞足蹈。一想到只要這場比賽獲勝，就能前往夢想中的甲子園，大家都緊張得全身僵硬。

這股緊張的心情帶來了反效果。八局上半，投手控球失誤，被奪走了三分，形成四比二的局面。下半局輪到我們攻擊，卻是毫無作爲就結束了。包含我們球員在內，所有人都認爲輸定了。果然今年也沒辦法前往甲子園……

九局上半，對方沒有得分。終於來到了九局下半，這是我們最後的進攻機會。我們在這時展現了不屈不撓的意志。第一名打者打出了安打，第二名打者仔細選球，得到了四壞球保送。無人出局，一、二壘有人。接下來輪到我上場。我的打擊順序是第二棒。

教練以暗號指示我打觸擊短打。只要將一、二壘的跑者順利推上二、三壘，下一棒就很有可能連得兩分，把比分追平。在這樣的局面下，這可說是最適當的策略。

但既然是最適當的策略，對方當然也猜到了。這時要成功發動觸擊短打，絕不是件簡單的事。

投手投出的第二球，我將球棒湊上去，讓球彈向三壘方向。要將跑者送上三壘，這是必然的作法。但我的觸擊並沒有完全削弱球的反彈力道，我看見對方的三壘手以極快的速度奔來。我心中大喊不妙。如果三壘手將球先送二壘再送一壘，可能會造成雙殺。

三壘手朝二壘投出了快速球。二壘手接到球後投向一壘。我拚了命拔腿奔過一壘壘包，心驚膽戰地轉頭一看，裁判高高平舉雙手。

加油席上傳來了鬆一口氣的歡呼聲，當然最感到鬆一口氣的人是我自己。但雖然我成功上壘，此時的狀況也只是一人出局，一、三壘有人。沒有辦法一棒將比分追平。

我心想無論如何必須彌補自己的失誤才行。此時我心中抱定的主意，是下一棒若成功打出安打，我要從一壘一口氣跑到三壘。如果能做到的話，比分就只差一分，同樣是一人出局，一、三壘有人。下一棒就算只打個犧牲高飛球，也能將分數追平。

我心中渴望的安打眞的來了。球自一、二壘之間穿過。以球速及敵方守備位置來看，能不能直接奔上三壘實在很難說。但我一踏上二壘，立即毫不猶豫地奔向三壘。

前方的三壘手舉起了手套。站在三壘手後方的三壘教練情緒激動下達滑壘指示。我不管三七二十一地朝著壘包撲倒，左手手指碰觸到了壘包，下一秒三壘手才碰觸到我的肩膀。我心裡十分肯定自己安全上壘了。

但就在下一瞬間，裁判的判決令我大感錯愕。

「出局！」

我懷疑自己是不是聽錯了，但抬頭一看，裁判確實高舉右手。

敵方的加油席上傳來了歡呼聲。但己方陣營傳來的失望尖叫聲，甚至遠遠超過敵人的歡呼聲。

我站了起來，朝裁判踏出一步，想要提出抗議。裁判瞪著我，眼神彷彿在說著「有什麼不滿？」

「芹澤，快下去！」三壘教練對我下令。

我緊咬著嘴唇退回牛棚，途中好幾次轉頭望向那個裁判，心中充滿了疑問。爲什麼是出局？明明是我早一步摸到了壘包，爲什麼不是安全上壘？那個混蛋裁判作出錯誤的判決，爲什麼我不能向他抗議？難道明知道判錯了，也只能忍氣吞聲嗎？

因爲我的出局，此時形成了兩人出局，一壘有人的局面。我們球隊再也沒有繼續纏鬥下去的精力，下一個打者打出一記落點不佳的外野高飛球，爲我們的夏天宣告結束。

從比賽球場回程的一路上，隊員對我的態度都相當冷淡。雖然有少數人跟我說別在意，但大部分的人都認爲輸球全是我的錯。若不是我妄想從一壘跑到三壘，我們也不會輸球。

就連棒球隊以外的學生，也對我投以冰冷的視線。即使過了一個暑假，我仍然能感受到來自全校學生的沉默壓力。我有一個就讀國中的弟弟，連他也在學校遭受欺負。

「如果有個傢伙當時別那麼亂來就好了。」

某個足球隊的隊員當著我的面這麼譏諷我，我氣得將他揍了一頓。結果這件事越鬧越大，差一點害我們學校的棒球隊遭受禁止對外比賽的懲罰。爲了避免這最壞的結果，我只能比其他三年級隊員早一步退出棒球隊。

從這個時期開始，每個人都不再與我打交道。我變得不愛上學，每天到一些不良場所打發時間，不久之後，更交上了一些壞朋友。

轉眼之間，我已遭高中退學，而且離家出走了。墮落就像墜落，往往只需要一眨眼功夫。有一天，我才驚覺我每晚流連在繁華鬧街上，過起販賣高純度甲苯供人吸食的日子。

後來我曾數次嘗試要重新做人，但這個社會卻不容許我這麼做。這個世間從不曾眞正給予誤入歧途的人改過自新的機會。

我只能到小鋼珠店工作，住在店家提供的宿舍房間裡。那間房間只有三張榻榻米大，我睡在裡頭，腦中經常浮現那最後一場比賽的畫面。不管怎麼想，那都應該是安全上壘。那個裁判竟然作出出局的判決，我永遠忘不了他的嘴臉。我會淪落到這個田地，全是他的錯。

我知道那個裁判的姓名，也知道他家的地址。比賽結束後，我爲了寄抗議信，早已查得一清二楚，但這封信最後沒有寄出。

每當我想起那個名字一次，心中的恨意就增添一分。我知道我已逃不出泥沼，恨是我唯一能做的事。

6

「拜託你跟我說實話，安全上壘才是正確的判決，對吧？因爲角度的關係，你根本沒有看清楚，但你必須要在安全上壘及出局之中選擇一個判決，只好胡亂說出出局，對吧？」我說。

南波低下了頭，胸口劇烈起伏，半晌之後才開口：

「我身爲裁判，絕不會胡亂作出判決。」

「不然就是你看錯了。當時我早一步摸到了壘包，這點我自己最清楚。你那時臉上雖然充滿自信，但你心裡應該很不安吧？你應該很擔心自己判錯了吧？這裡沒有其他人，你可以老實跟我說。」

南波依然緊閉雙唇不肯說話。我抓住他的衣領不住搖晃，大喊：

「你給我說實話！那應該是安全上壘，對吧？是我先摸到了壘包，對吧？喂，你給我老實說，別悶不吭聲！」

南波這時一臉痛苦地說道：

「沒錯……是你先摸到了壘包。」

我放開了他的衣領，問：

「這麼說來，你承認那是安全上壘了？」

「不，那是出局。」

「什麼？」

「我不會改變我的判決。」

「你這混蛋！」

我將小刀舉到他面前，他或許已習慣了我的威脅，竟然面不改色地看著我。

「原來如此，我明白了。對你來說，裁判的尊嚴是唯一重要的事。」

我轉頭邁開大步。

「等等，你要去哪裡？現在出去太危險了。」

「少囉嗦，別對我下命令！我不想再看到你！」

我怒吼一聲，走出了大門。冰冷的空氣迎面撲來。

我在夜晚的巷道裡不斷奔跑，幸好運氣不錯，沒有遇上警察。跑了大約三十分鐘，前方出現一座小公園。我知道這一帶還是有點危險，若要逃出追捕最好再跑一陣子，但我已跑得腿痠腳麻，於是我轉身走進公園。

公園裡有著香菸及飲料的自動販賣機。我坐在販賣機前的長椅上，喝了一罐飲料，接著以空罐當菸灰缸，抽起了香菸。

南波說的那句話不斷在我的腦中迴盪。

——是你先摸到了壘包。

他確實親口跟我這麼說了。既然如此，當然是安全上壘。果然是安全上壘沒錯，我是對的。這件事從頭到尾都不是我的錯。我就知道，跟我想的一模一樣。

我捻熄香菸，橫躺在長椅上。總覺得腦袋有點沉重。

曾經批評過我的那些人的面孔一一浮現在我面前。棒球隊員的冰冷視線，以及班上同學的輕蔑表情。我終於洗刷冤屈了。我終於能吐一口怨氣了。

話說回來，爲什麼南波那傢伙就是不肯對我說一句安全上壘？

似乎有人搖晃我的肩膀，將我從睡夢中喚醒。我睡眼惺忪地坐起了上半身。這裡是哪裡？

「你住在哪裡？」

我聽見了男人的問話聲。我搓了搓臉頰，轉頭望向眼前的兩個男人。

他們身上都穿著警察制服。

7

我進了看守所的一星期後，南波勝久前來探望我。他身上穿著整齊筆挺的灰色西裝，但不知為何身體看起來竟比那晚矮小得多。

「我想你應該還恨著我，所以我來看看你。雖然我不在乎被你怨恨，但如果讓你心中一直抱持誤解，對你的未來有害無益。」

「我誤解什麼了？」我對著玻璃牆另一頭的南波說道：「我決定跟你會面，是為了聽你改口說出安全上壘的判決。」

南波無奈地皺起眉頭，緩緩眨了一次眼睛，凝視著我說道：

「那是出局。」

「你這混蛋……」

「你聽我解釋。」南波攤開右手手掌，舉到臉的前方，「就像我那天晚上所說的，在三壘手碰到你的肩膀之前，你的手已經碰到壘包了。所以我原本也想判決是安全上壘……」

「那你為何沒這麼做？」

「因為在我打算喊出安全上壘的前一瞬間，你放開了。」

「放開了？」

「你的手指放開了壘包。」

「啊……」

霎時之間，我似乎聽見耳畔響起轟隆聲，全身血液彷彿開始倒流。

「你胡說……」

「我沒有胡說。當時你使用的是左手手指。那一幕就像錄影畫面一樣，直到今天依然清晰地殘留在我心中。在那數分之一秒的短暫時間裡，你的手指確實離開了壘包。」

「不會的……絕不可能有這種事……」

「那時候你似乎有話想對我說。我想你應該是想向我抗議吧。當時其實我也很想向你說明，為何我會作出出局的判決。你在走回牛棚的一路上，不斷轉頭看我，那景象也深深烙印在我的心底。開陽高中的芹澤選手……我一直很想跟你再見一面，但我作夢也沒想到我們會以這樣的方式重逢。本來那天晚上，我就想把眞相告訴你，但我又怕眞相反而會傷你更深，最後我還是沒有說出口。」

「你胡說！絕對沒那回事！」我起身拍打玻璃，大喊：「那應該是安全上壘！我絕對沒有放開手指！」

一旁的警衛衝了過來，將我拉出會客室，我一直罵個不停。

但是當我跟著警衛走過長長的走廊時，我心裡開始認爲南波或許並沒有說謊。那時我滑進三壘，以爲安全上壘了，心情馬上也跟著鬆懈了。我的手指是否持續抓著壘包，我已不記得了。

我向來有這樣的毛病。

總是在最關鍵的時刻突然心情鬆懈而誤事。

這次我被逮住，不也是這樣嗎？

死人沒頭路

1

這天清晨，我一如往昔帶著惺忪的雙眼，走在通往工廠的鄉間小路上。我像念咒語一樣不斷咕噥著「好想睡」，這句話如今已成了我的口頭禪。任何人聽到「鄉下工廠」這個字眼，腦中都會浮現俗氣、寒酸的印象，但座落在我面前遠處的那棟銀色建築物，卻巨大得有如地球防衛軍的總部基地。這麼大的一座工廠，當然不可能蓋在都會區裡。

轉頭環顧左右，可看見身邊有不少二十歲前後的男人，跟我一樣帶著滿臉倦容朝著工廠前進。走這條路上班的人，絕大部分是住在距離工廠約三公里遠的男性單身宿舍內的員工。這些人所過的生活，說穿了就是每天走這條路往來於工廠與宿舍之間。這樣的生活甚至連換衣服也成了多此一舉，因此有不少人是穿著骯髒的工作服上班。

今天是星期日，大家走的都是相同方向，但若是平日，則經常會看見有人走的方向跟大部分的人相反。那些人的工作時段與大部分的人不同，說得更明白點就是上夜班。有時會在對面走過來的人群之中發現熟人，因而出現這種對話：

「嗨，下班了？」

「對啊，你才正要上班？」

這種事就算不問也看得出來，可說是名副其實的廢話。

夜班都是從星期一晚上開始，到星期五或星期六晚上結束。大部分的公司都是採兩星期日班、一星期夜班的輪班制，我上班的工廠也不例外。我上個星期才剛值過夜班，連星期六也得進工廠，一直工作到星期日早上，隔天星期一早上又得上班，可說是最糟糕的情況。值完了夜班後即使再怎麼想睡覺，星期日還是會大玩特玩。就像昨天，我出門跟女孩子約會，一直玩到三更半夜。但如此一來，我就得抱著兩天份的睡眠不足迎接星期一的早晨。我不停喊著「好想睡」，正是因爲這個緣故。

我帶著昏昏欲睡的腦袋走進工廠，打了卡，在更衣室換上充滿油臭味的工作服，接著走進電子式燃料噴射裝置製造室。這個部門所製造的儀器，一般百姓就算一輩子都沒聽過也不會造成絲毫困擾。

但我並非毫不停留地直接走進製造室。我每天的習慣，會在自動販賣機買一杯咖啡帶進工作地點。

這天我來到擺放著自動販賣機的休息室外，發現門口處聚集了不少人，其中也包含了我這一組的班長。班長是個中年大叔，戴了副眼鏡，鼻子下方留著一小撮鬍子，看起來不像是這種巨大工廠的員工，反而更適合坐在鄉下小工廠裡撥算盤。

「發生什麼事了？」我走上前問道。

「休息室的門被鎖上了，進不去。」

班長因沒辦法早上來一杯咖啡而氣呼呼地說。

「這種地方會上鎖眞是稀奇，不曉得是怎麼了？」

「好像是有人昏倒在裡面了。」

「咦？這種地方怎麼會有人昏倒？」

「你問我，我問誰。總之等等門若開了，你幫我買杯咖啡回來吧。」

班長說完就轉身離開了。

我擠進人群裡，走到休息室門口。那扇門是玻璃門，能夠看見室內狀況。休息室裡的擺設相當寒酸，只有數臺自動販賣機、幾張長椅，以及一臺電視機。我將臉貼在玻璃上，朝著室內望去。

果然就像班長說的，有個男人倒在可樂的自動販賣機前。由於姿勢剛好背對著門口，無法確認相貌，但身上穿的是灰色制服，與我們所穿的米色工作服不同，顯然不是製造部的直屬員工。

「到底在搞什麼鬼，眞是的。」

站在我身邊一個看起來像痞子的男人罵道。比起有人昏倒在裡面，大家更擔心的是能不能在開始工作前喝到咖啡或飲料。聚集在休息室前的人越來越多，喧嘩聲也越來越大。

「好了，退開、退開。」

自稱曾加入自衛隊的警衛老伯走了過來。承受眾人的目光令他有些洋洋得意，開鎖的動作故意做得慢條斯理。

門一開，來自後方的人潮壓力頓時將我推入了室內。

我被擠得七葷八素，當我回過神來，我已站在一臺自動販賣機前。我明明想喝的是咖啡，但眼前這臺自動販賣機賣的卻是提神飲料。

那提神飲料的宣傳口號是「死人沒頭路」，曾經引起不小的話題。我心裡叫苦連天，但這時休息室早已擠滿了人，總不可能走到咖啡販賣機前重新排隊。我迫於無奈，只好買了一瓶「死人」飲料。

就在我喝著「死人」飲料的時候，剛剛那個警衛老伯再度高喊：

「不要靠近，不要靠近。」

轉頭一看，警衛老伯走向倒在地上的那個男人。他單膝跪在男人旁邊，朝男人的臉仔細瞧了兩眼。驀然間，他「哇」地大叫一聲，說道：

「快叫救護車！這個人好像已經死了！」

整間休息室頓時掀起一陣不小的騷動，原本站在倒地男人附近的員工全都躲得遠遠的。但排隊買飲料的隊伍還是井然有序，絲毫不見紊亂。

「嗚嗚……好可怕喔！」

某個女員工一邊尖叫一邊忙著掏錢買飲料。

我喝了一口「死人」飲料，戰戰兢兢地朝倒地男人瞥了一眼。

下一瞬間，我噴出了嘴裡的飲料。

「哇啊！髒死了，你搞什麼鬼！」

警衛老伯這麼罵我。

「他……他……他是我所屬單位的組長。」

我一邊咳嗽一邊說。

2

我從小就喜歡玩機械，長大後的夢想是當個工程師。在孩提時代的我心中，工程師這字眼就像是人類文明的先驅。上了高中之後，我當然不再抱持這樣的幻想。我開始明白所謂的工程師，說穿了不過就是領薪水的技職人員。即使如此，我想當工程師的志向還是沒有動搖。

今年四月，我從大學畢業，進入了某汽車零件製造公司。這家公司製造的汽車零件在全日本至少可排進前三名，年營業額兩兆圓，員工多達四萬人。能夠進這種巨大企業工作，我的父母都相當滿意。

包含我在內，大學剛畢業的新進人員共有三百多人。經過一個月的教育訓練後，公司將我們分發至各部門。我進入的部門是總公司的生產設備開發部，這裡的工作簡單來說就是製造工廠的生產設備。我的所屬單位是這裡的第二系統課，課長底下有兩名組長，一般職員包含我在內只有十人，可說是個相當小的單位。

負責帶我的是一個姓林田的組長。他的年紀大約三十五歲，但五官還殘留著三分稚氣，而且膚色白皙，總是露出彷彿嚇了一跳的眼神。小時候每個班級或多或少都會有一、兩個成績優異但內向害羞的少年，這些少年長大之後，大概就會變成像林田組長這樣的人吧。

「我跟你說，在公司裡最重要的是信譽。」

這是林田組長教我的第一件事。

「當然，只要你拿到上司蓋的章，不管做什麼別人都不能拒絕；對外只要拿出我們公司的名片，每一家業者都會對我們畢恭畢敬。但要把工作做好，還是得靠自己的名聲。如果只會狐假虎威，遲早會吃苦頭的。」

給了我這個建議的林田組長，在公司裡的信譽確實相當好。

「林田組長怎麼說?他說沒問題?好吧，既然連他都打包票，我也不好多說什麼，就照這個方式去做吧。」

前輩職員在與其他部門的人開會時，經常會聽見對方說出像這樣的結論，這一點讓我對林田組長大感敬佩。不過每個人的價值觀都不相同，並非所有人都認同林田組長的能力，譬如有位前輩曾對我說：

「林田做事相當謹慎小心，從來不肯冒險。這當然不是壞事，但並不是每個上司都喜歡他這種作法，譬如我們課長就不是很喜歡他。」

這番話聽起來也有幾分道理。我們這一課的課長看起來不像是技職人員，反倒像是個炒地皮的，口頭禪是「賭一把如何」。

我原本跟著林田組長學習工作技巧，幫他做些雜務，但就在一個月後，人事部發出了一道可怕的命令。

所有大學剛畢業的新進人員，都必須到工廠實習。人事部祭出的理由，是爲了讓新進人員更加了解自身業務內容，必須讓新進人員對工廠運作有更深入的認知。而要做到這一點，最好的方法就是讓新進人員與工廠員工一起工作一陣子。

「我自己也常到燃料噴射裝置工廠走動，你就好好加油，當作是去建立人脈吧。不過可要注意別搞壞了身體。」

距離工廠實習只剩一星期的某天，林田組長如此鼓勵我。實習的工廠距離總公司約有三十公里遠，我們在實習期間都得住進單身宿舍旁的單季員工臨時宿舍。

從此之後，我便過起了兩週日班、一週夜班的生活。

不過習慣了之後，我發現工廠生活的樂趣也不少。班長是個有趣的老爹，其他員工也都算是相當和善。

「你給我認眞一點，反正再過兩個月，你就不必再拿比鉛筆重的東西了。」

有個傢伙會對我說出這樣的酸言酸語，但周遭每個人都很討厭他，所以我根本不必在意他說的話。

林田組長確實就像他自己所說的，每隔一星期就會來工廠一、兩次。有時他也會到我工作的地點來看看我的狀況。聽說其它生產線最近加裝了新的機臺，維修及設定的工作便是由林田組長負責。

「還好嗎？工作累不累？」

有時我正忙著組裝輸送帶上的零件，會看到林田組長突然來到我身邊。爲了不引人注意，他總是會彎下腰來跟我說話。

「還好。」

我一邊回答，一邊組裝著手邊的零件。因爲我一旦停下動作，所有零件都會擠在我這裡。林田組長也很清楚這一點，所以他接著只會輕輕說聲「加油」便轉身離開，不再向我搭話。

某一天的午休時間，我請林田組長帶我參觀了他所負責維護的新機臺。那是一架機器人，不僅能夠自行組裝小型零件，而且還會在必要的位置執行焊接工作。特徵是擁有很長的機械臂，動作靈活細膩得有如人類的手臂。

「好厲害，一下子就做好了。」

我看那機器人只要三秒鐘就能組裝出一個小零件，不禁發出了驚嘆聲。

「但還不夠完美。」

林田組長關掉電源，眉毛就像是時鐘的八點二十分。

「焊接的效果不是很好，導致成品良率太低。再過兩個月就要在生產線上正式啓用了，眞是讓我一個頭兩個大。」

機器人的旁邊站著另一個男人。那男人身上穿著我從沒見過的制服，身材相當削瘦，而且臉上的氣色也很差。林田組長向我介紹，他是提供焊接機的廠商人員。

「林田先生眞是太嚴格了。」

那男人酸溜溜地說。身爲下游業者，他一定希望自己提供的機械能夠盡快通過檢核，才能拿到貨款。但林田組長絲毫不留情面，回答道：

「實際使用這臺機器的人，是工廠的員工，爲了將來不給他們帶來困擾，在這個階段絕對不能容許任何瑕疵。」

我聽了這句話，不禁心想林田組長果然是個一板一眼的人。

星期六的晚上，我又在商店前面遇上了林田組長。他當時買了一包煎餅。據說他連假日也來到工廠，從一大早就忙著對機器進行微調。他似乎感冒了，一下子擤鼻涕，一下子打噴嚏，一下子又拿起煎餅咬得喀喀有聲。

死在休息室裡的人，正是林田組長。

3

上午十點多的休息時間，有人跟我說警察來查案了。這個時候大家都是待在各單位內部的會議室裡，通常我會把握機會到自動販賣機買飲料來喝，但今天因早上那件事的關係，休息室禁止進入。

「既然驚動了警察，可見得死因不是腦中風之類。」

班長一邊發撲克牌一邊說。對我們這單位來說，休息時間就是玩撲克牌的時間。不過我從不參與，向來只在旁邊觀看。他們玩的撲克牌遊戲太過複雜，而且賭金高得嚇人，我實在沒有辦法奉陪。我只能說在工廠工作的人似乎口袋裡的錢都不少。

「聽說是被人在頭上敲了一記，還流了些血。」

一個資深同事瞪著手中的牌說。

「被敲了一記？難道是遇上了強盜？」

「或許吧。」

「但休息室的門不是從內側上了鎖嗎？」

「門是上了鎖，但窗戶沒關，凶手可以從窗戶逃走。」

「原來如此……但那種三更半夜，眞的會有強盜嗎？會不會是打架失手誤殺？川島，那個被殺的組長是不是很愛打架？」

「絕對沒那回事。」

我如此回答。川島就是我。

由於死者是我的前任上司，大家接著又向我問了不少問題。但我自己對這起案件也是一頭霧水。既然死者頭部曾遭到攻擊，代表這是一樁凶殺案。我實在不敢相信我的生活周遭會發生這樣的事情。

過了一會，休息時間結束，我們各自回到了工作崗位。但又過了大約三十分鐘後，女同事葉子突然拍拍我的肩膀，對我說班長叫我過去。

「班長好像正在接受警察問話。」

葉子那護目鏡後的一對眼睛閃爍著興奮的神采。她就是昨天跟我約會的女孩子。剛進工廠不久，只有高中學歷，明明還很孩子氣，卻滿腦子想交個來自總公司的菁英男友。她知道我開的車子是三菱GTO後，一天到晚央求我帶她開車兜風。

我聽了葉子的傳話，請葉子代我處理手邊的工作，走向班長的座位。班長的身邊有兩個凶神惡煞般的人物，一問之下原來是縣警本部派來的刑警。

刑警問了我一些問題，例如「最近跟林田組長聊了些什麼話題？」、「林田組長的態度有沒有什麼古怪之處？」等等。我回答林田組長最近正在對機械進行微調，忙得焦頭爛額。

「聽說他是被人打死的，是眞的嗎？」

我等到刑警問完後才反問他們。

「是不是被人打死的，目前還說不準，不過這裡確實有傷痕。」

刑警之一指著自己的腦袋側邊說，位置大約在耳朵上方附近。

「既然有傷痕，不是被打死的嗎……？」

「也有可能是摔倒撞傷，或是其它理由。總之我們會調查清楚，請不用擔心。」

刑警一臉嚴肅地回答了我的問題後，突然掏出一枚塑膠袋，問我：

「對了，請問你是否曾見過這個東西？」

那袋子裡裝著三枚煎餅，我確實有些眼熟。我老實告訴刑警，我在星期六看見林田組長買了煎餅。

「噢，是嗎……？」

兩名刑警露出了懷疑的神色。

「請問你們是在哪裡發現這些煎餅？」我問。

「在休息室的垃圾桶裡。包裝袋內的煎餅還沒吃完，卻被整袋扔進了垃圾桶，這讓我們覺得有些古怪。」

這聽起來確實不對勁，依林田組長的性格，應該不會像這樣浪費食物。

「對了，請問你昨晚去了哪裡？」另一名刑警問我。

「我也要提出不在場證明？」我睜大眼睛問。

兩個滿臉橫肉的刑警互看一眼，各自露出苦笑。

「每個人都喜歡把不在場證明掛在嘴邊，多半是受了電視劇的影響。其實沒那麼嚴重，若你不方便回答，那也沒有關係。」

我想不出不方便回答的理由，所以就老實說了。昨天一直工作到早上，然後跟葉子約會去了。

兩個刑警似乎挺滿意我的回答，問完這個問題後就告辭離開了。

中午吃完了午餐，我突然想起上頭不知會如何處置林田組長負責微調的那臺機器。我抱著一探究竟的心情走到那機臺的擺放位置，遇上了比我早三年進公司的宮下。

「沒想到竟然會發生這種事。」

宮下一看到我，旋即以低沉的聲音對我這麼說。他平日似乎喜歡打網球，臉上的膚色黑得像巧克力。

「差點沒把我嚇死。宮下先生是什麼時候來的？」

「剛到不久。我才一進工廠，馬上被課長派來接手這座機臺。」

「咦？這意思是說，課長也來了？」

「聽說他一接到電話聯絡，今天一大早就一個人跑來了。」

「原來如此。」

課長向來把事情丟給負責人員後就不聞不問，如今竟然會親自來到工廠，可見得他也慌了手腳。

「林田組長昨天也來了工廠？」我接著問。

「是啊，這座機臺馬上就要正式上生產線了，但焊接的問題還是沒有改善，他一直很擔心。」

「星期天一般員工不會上班，要找到目擊證人恐怕不容易吧？」

「聽說找到了。」

「咦？真的嗎？」

「就算是假日，修繕組也會有一個人進工廠。聽說那個人最後一次看到林田組長，是在晚上十一點左右，那時林田組長正要走向休息室。」

「十一點……不愧是林田組長，這麼晚還在工作。」

「不過若看打卡紀錄，他在十點就下班了。」

「嗯……」

這一點也不稀奇。爲了避免觸犯超時加班的法規限制，林田組長一定是先打了卡，又回來繼續工作。

「林田組長是獨自一人留下來加班嗎？」我問。

「不，聽說有個焊接機的廠商人員跟他一起留下來。但是修繕組的人看見林田組長時，他身邊沒有別人。」

「噢……？」

「聽說當時修繕組的人跟林田組長打了招呼，林田組長沒有理會，就這麼走了。林田組長平常總是客客氣氣，很難想像他會這麼失禮。」

「宮下先生，你知道得眞詳細。」

我看著眼前的黑臉前輩，不禁有些佩服。

「我剛剛才跟那個修繕組的人聊過。聽說警察把他當成嫌疑犯，讓他氣得直跳腳。」

我心想，這也怪不得警察。

「這麼說來，林田組長的死亡時間是在十一點之後？」我說。

「嗯，問題在於是誰把他打死了。」

「還不能確定是被打死的吧？」

「不，就算再怎麼摔，也不可能撞到腦袋的側邊，而且還一撞就死。我認爲一定是有人殺了他，所以重點就在於那個時間到底有誰在工廠裡。」

「假日的時候，就連機臺也關了，有誰會在工廠裡？」

啊……

我隨口說出的一句話，竟讓我愕然想到了一個可能性。

宮下的想法似乎也跟我一樣，我們同時轉頭望向林田組長負責微調的那座機臺的鋼鐵手臂。

4

隔天晚上六點，林田組長的家屬在自家附近的寺院舉辦了喪禮。我拒絕留在工廠加班，特地趕往會場爲林田組長上香。在等待上香的時候，我聽見了前排兩個伯母的對話。

「聽說他是個工作相當勤奮的人。」

「是啊，雖說得養家活口，但他實在是太拚了。聽說他從不請特休，星期六、日也常到公司加班。」

「最後竟然還死在公司裡，他老婆也眞是可憐。」

她們的觀點倒也不是沒有道理，這讓我的心情變得相當複雜。我只認識職場上的林田組長，但他當然也有家人在等他回家。

上完了香，在工作人員的引導下走進隔壁房間。這房間的桌上擺著壽司、啤酒等餐點，放眼

望去幾乎所有入座者看起來都是工作上認識的人。由此可知林田組長在職場上有多麼受人敬愛。

仔細一看，我那單位的前輩都聚集在房間的最深處。

「聽說解剖結果出爐了。」

我才一坐下，宮下立即在我耳邊嚼舌根。

「頭部的傷痕果然不是跌倒造成的，而是被相當堅硬的凶器敲了一下。」

「相當堅硬的凶器……」

我的腦海浮現了那粗壯的機械臂。

我跟宮下都懷疑凶手可能那座機臺。換句話說，林田組長是在工作中發生了某種意外事故。但我們沒有把這個推測告訴任何人。光是工作中發生意外就是件足以引起軒然大波的麻煩事，更何況發生事故的時間是在林田組長打卡下班之後。這件事情要是傳揚開來，整個部門都會遭追究責任。

不過若要視爲機械意外，還是有一些疑點。第一，我跟宮下曾仔細查看機械臂，上頭沒有血跡。第二，死亡地點不是在機臺旁，而是在休息室內，這實在說不通。第三，休息室的門沒有理由被鎖上。

「宮下先生，你今天見到焊接機的廠商人員了嗎？」

「見到了。警察似乎已跟他談過了。他說聽到林田組長去世的噩耗時，也嚇了一大跳。」

「星期日那天，林田組長眞的跟他在一起？」

「是啊，他說林田組長在中午時把他叫了去，兩人一整天都在處理機臺的調整問題。晚上十點多，他才向林田組長道別。他說林田組長那時也打了卡，但林田組長說還想再工作一下才回去。」

這確實符合林田組長的作風。他號稱違法加班之王，連工會也對他頗有微詞。

「那個焊接機的廠商人員應該也被問了不在場證明吧？」

「好像是吧。不過聽說他在晚上十一點就回到了自己的辦公室，同事也都見到了他，應該是不會有嫌疑才對。」

星期日的晚上十一點，辦公室裡竟然還有同事，可見得每家公司的工作環境都大同小異。

「林田組長眞是可憐，只能說人命眞是太脆弱了。」

坐在對面的一個綽號「虎哥」的前輩說道。他吃了一肚子的壽司，正心滿意足地拿起牙籤剔牙。雖然他綽號虎哥，但他的體型不像老虎卻像貓熊。我看著這些前輩，心裡越來越覺得公司實在是個奇妙的地方。明明死了一個工作上的夥伴，他們卻依然是一副滿不在乎的態度。或許這代表著公司這種地方並非聚集了志同道合的夥伴，大家只是迫不得已才每天相處在一起。事實上連我也是半斤八兩。林田組長對我如此照顧，我心裡卻荒唐地想著如果案情能再複雜點，一定會更加有趣得多。

就在我們準備離開時，課長出現了。課長不顧周遭其他人的眼光，對我們喊了一句「喝酒怎麼不找我？」口氣宛如像在居酒屋偶然遇上一樣。大家迫於無奈，只好將已經抬起的屁股放回座墊上。

「今天可眞慘，完全沒辦法工作。」

課長一坐下便發起了牢騷。刑警似乎也上了總公司，問了很多關於林田組長的問題，把所有雞毛蒜皮的瑣事全查得一清二楚。

「我還被問了不在場證明呢。」虎哥順著課長的話題說：「那些刑警好像以爲我們巴不得殺死林田組長。」

「我昨天在工廠也被問了。像我們這種市井小民，哪能找得出不在場證明。」課長粗聲粗氣地說：「晚上十點到十一點之間，我正在家裡看電視，但聽說家人的證詞不具效力，對吧？」

「好像是這樣。」

「我就知道。等等，我可以說我記得電視節目的內容……多半還是不行，電視節目可以錄下來事後看。」

「星期日的十點到十一點，演的是《奪取天下物語》。」

聽到號稱電視通的虎哥的話，課長在膝蓋上一拍，說道：

「沒錯，而且這次正好是完結篇，我看得可認眞了。」

我聽到這裡，不禁嘆了口氣。《奪取天下物語》演的是一個男人從步兵幹起，最後征服天下的故事，在上班族之間頗受歡迎。我也曾看過一次，內容有帥氣打鬥，有人情義理，也有清涼畫面，可說是最典型的古裝電視劇，但我還沒看完一集就膩了。不過對於一些拖著疲倦的身子回到家中的男人來說，這部電視劇看起來確實毫無壓力。我記得曾在報紙的娛樂版上讀過一篇文章，上頭說很多男人把看這部電視劇當成了生活唯一樂趣。

「總而言之……」課長話說到一半，忽然拿起早已不冰的啤酒，在紙杯裡倒了滿滿一杯，連同白色泡沫一同灌入口中，才接著說：「從明天起，你們可要連同林田的份一起好好努力。記住，人一旦斷了氣，就會丟掉工作。」

這實在不像是該在喪禮會場上講的話。就在課長講完這句話的同時，一名中年女服務生走了過來，對我們說：

「抱歉，警察說有話想跟幾位談一談。」

「咦？」

正要喝下第二杯啤酒的課長驀然停下動作。

5

我、宮下及課長三人搭警車前往了工廠。坐在前座的兩名刑警，正是我上次見到的那兩人。

兩名刑警在車內幾乎不曾開口說話，氣氛相當詭異。

一到工廠，兩人旋即朝當初林田組長負責的機臺走去。我跟宮下對看了一眼，他的臉上彷彿寫著「不妙」兩字，我的神情恐怕也是大同小異。

「我們想請幾位實際操作這座機臺。嚴格來說，只要機械臂的部分就行了。」

兩人一走到機臺邊，年紀較大的刑警立即如此下令。這名刑警理著五分頭，頭髮已經花白，反而更加增添一股懾人的氣勢。

「但現在不是上班時間……」課長吞吞吐吐地說。

「請放心，我們已經得到公司的許可了。」

刑警從西裝口袋取出一枚信封交給課長，課長抽出裡頭的文件。我在旁邊偷偷瞥了一眼，那確實是允許警方爲了辦案而開啓機械設備的證明文件。

「幾位應該沒有理由拒絕了。」

刑警臉上露出了高深莫測的笑容。但他旋即恢復嚴肅，問道：

「對了，課長先生，你剛剛的意思是非上班時間不得擅自開啓機臺，是嗎？」

「這是工廠的規矩……」

「我明白，現在我想請幾位老實回答一個問題。林田先生平時是個會違反規矩的人嗎？我的意思是說，他有沒有可能在打卡下班之後，又跑來操縱機臺？」

「不可能。」

「有可能。」

「有可能。」

「咦？咦？咦？」

刑警一時傻住了。三人之中，只有課長說出了不一樣的答案。

「是有可能，還是不可能？」

「有……可能。」課長無奈地改口說：「我平常一再告誡他不能這麼做，但他這個人該怎麼說呢……有點把工作看得太重……」

「沒關係、沒關係。」刑警苦笑著舉起一隻手揮了揮，「我不是貴公司的人，你不用這麼緊張。現在我再請教一個問題，如果林田先生在非上班時間操縱機器，卻發生了意外事故，各位認爲他會怎麼處理？」

我心想果然沒錯，刑警已看出這是一起機械操作意外。

「照理來說應該會呈報上級，他有義務要這麼做……」

課長結結巴巴地說，但刑警當然不可能相信他這些違心之論。

「課長先生……」刑警一臉無奈地說：「我剛剛強調過了，我不是貴公司的人。」

課長沉吟了半晌，最後終於像洩了氣的皮球，老老實實說道：

「林田大概會想辦法隱瞞意外吧。」

刑警點點頭，似乎很滿意這個回答。

「現在請開啓機械臂的電源吧。」

「是。」

宮下應了一聲，開始操作機臺。機械臂的動作相當靈活，有如活人的手臂。

「眞了不起，這玩意的身手比我還敏捷。」刑警看得目瞪口呆。

「這套儀器使用了ASY系統，配合敝課自行研發的技術，更加不易受雜音干擾，如今我們已申請專利……」

課長如數家珍般地說個不停，驀然間回過神來，趕緊輕咳一聲。只要聽見有人稱讚我們研發的機械設備，他的反射神經似乎就會命令他背出這些宣傳詞句。

「好了，可以讓機器停下來了。」刑警說道。

「呃……刑警先生剛剛的意思好像是在暗示這是一場機械意外……」課長一邊搔著幾乎沒有頭髮的頭頂，一邊說：「但刑警先生應該很清楚，林田是倒在休息室裡……」

「這我知道，所以我剛剛才問你們，林田先生如果發生意外會怎麼處理。各位的回答是他會想辦法隱瞞，事實上林田先生確實是這麼做了。在他驚覺發生意外的當下，他決定離開現場，躲進休息室裡躺著休息。爲了怕被人看見，他還特地把門鎖上了。」

我恍然大悟，忍不住舉起拳頭在掌心一敲，說道：

「修繕組的人看見林田組長，就是在這個時候吧？難怪他說林田組長那時完全不理他。」

「應該是。」

刑警對著我輕輕點頭。

「但他既然還能走路，怎麼會突然就這麼死了……？」課長問道。

原本一直保持沉默的年輕刑警突然回答：

「他的死因是腦出血，這是很常見的狀況。因腦震盪而昏厥後，就算一度清醒，過一陣子還是有可能會死亡。」

「所以各位若遇上頭部撞傷的情況，可千萬不能掉以輕心。」理著五分頭的年長刑警接著說：「事實上當各位在參加喪禮的時候，我們仔細調查過這座機器，發現機械臂的前端沾有血跡。雖然這些血跡被人擦拭得一乾二淨，但只要利用科學方法，還是能輕而易舉地發現血跡反應。」

我心想，那應該就是傳說中的魯米諾反應吧。

「問題就在於……是誰把血跡擦掉了？」

「一定是林田，不是嗎？」

「不，如果是林田先生做的，那就說不通了。」

刑警又從口袋取出一枚塑膠袋，袋裡裝的是一條用來清潔機械油污的專用抹布。

「這條抹布上頭也有血跡，機械臂上頭的血跡應該就是被人以這條抹布擦去了，但這條抹布卻被扔在抹布回收桶裡。」

「那一定是林田丟的。」

「不不不……」刑警搖頭說道：「那個抹布回收桶每星期一早上會清理一次，這條抹布既然還放在裡頭，可見得機械臂上的血跡被擦去是星期一早上之後的事。」

課長沉默不語，我與宮下也不知該說些什麼。

「現在三位明白我們爲何要把三位帶到這裡來了吧？在所有相關人士之中，有機會在昨天擦拭機械臂的人，就只有你們三位。」

刑警臉色一沉，語氣嚴峻地說道：

「好了，快從實招來吧。」

「對不起……」

我突然覺得站在身旁的課長怎麼身體縮小了。轉頭一瞧，原來他已跪倒在地上。

「是我把血跡擦掉了。我聽到林田的頭上受了傷，便直覺想到有可能是機械意外。於是我趕緊跑到工廠來，一看這機械臂，上頭果然沾著血跡……那時我想到這起意外要是傳揚開來，我一定得背負責任……對不起，都是我的錯，請原諒我……」

課長哭哭啼啼地說道。

課長平日氣焰不可一世，這時卻如此窩囊，我看在眼裡，心中有三分爽快，卻也有七分爲他感到悲哀。果然世事難料，做人還是別太狂妄自大比較好。

「請別這樣，快起來吧。」刑警搭著課長的肩膀說：「你放心，我猜這件事應該不會輪到你背負責任。」

「咦？」

課長抬頭望向刑警，臉上因淚水與灰塵而黑了一大片。

「事實上還有一點說不通，那就是這機械臂前端的形狀。我們比對了沾上血跡的部分，但不管我們怎麼改變角度，就是無法與林田先生頭上的傷口吻合。剛剛我們請你們試著操縱機器，正是爲了確認機械臂前端的形狀不會改變。」

「這……這麼說來林田頭上的傷……」

「應該不是這機械臂造成的。」

刑警露出狡猾的微笑。

6

「噢……所以凶手就是焊接機廠商的人？」

班長一邊打牌一邊問。

「是啊。」我回答。

「眞是可怕。」

那個姓山岡的焊接機廠商負責人員在遭到警察逮捕後，供出了一切案情。

「一時失去理智」就是他的犯案動機。

因爲一時失去理智，所以殺了林田組長。

當然要失去理智，也得有個失去理智的理由。事實上山岡失去理智的理由不只一個。林林總總的理由混雜在一起，令他在一瞬間動了殺機。

「我已經受不了林田了。他這個人實在是太神經質了。只要我們公司提供的機器有一點瑕疵，他就會一口咬定不符合要求規格，要我們改這個、改那個，永遠沒完沒了。當然熱心工作是好事，但也要體諒我的心情。機械這種東西本來或多或少都會有些瑕疵，不可能做得完美。在這個業界，大家都是睜一隻眼閉一隻眼。何況我因爲還有其它工作的關係，今年從年初到現在，只放了五天假而已。這五天假可是包含了星期六跟星期日！沒錯，而且絕大部分都沒有加班費。上個星期天，我本來以爲好不容易能休息一天了，沒想到林田卻又突然打電話叫我去工廠。我當然還是去了，畢竟他是客戶嘛。到了工廠之後，他還是老樣子，一下叫我改這個，一下叫我改那個，我就在那邊重複著把相同部位拆開來再組裝回去的動作。雖然如此，我還是咬著牙忍耐，就這麼跟他耗到了將近十點。那時林田說今天就先到這裡為止，我開心得不得了。因為電視將在十點時播出我最喜歡的古裝劇《奪取天下物語》，那是我一星期之中最大的娛樂。而且那天還是完結篇！我本來打算打電話給我老婆，叫她幫我錄下來，但我想到工廠的休息室裡就有電視，所以我後來決定乾脆就在休息室看。林田也打了卡，走過來坐在我的旁邊。他要坐在我旁邊，當然沒什麼關係，反正我只要有電視看就行了。沒想到才看了五分鐘，林田開始不斷跟我說話，而且說的都是工作上的事。一下子問我這個部位的結構，一下子問我那個數據資料有沒有辦法取得。刑警先生，你應該能體會吧？我好不容易做完了一天的工作，就只是想好好看個電視，實在不想聽他在旁邊嘮叨。但林田卻似乎無法體諒這一點。而且另外還有一件事讓我受不了，那就是他好像得了感冒，每隔一會就會發出吸鼻涕的聲音。我被他吵得心浮氣躁，根本無法靜下心來看電視。不僅沒有辦法理解劇情，而且搞得我的胃開始抽痛了。又過了一會，他竟然幹起另一件令我火大的事情。沒錯，就是吃煎餅。他吃得喀喀作響，徹底把我給惹火了。我從身旁的工具箱裡抽出一根扳手，狠狠朝他頭上敲了一記。我當然知道這是犯罪行為，但我無法克制自己不這麼做。剛敲下去的當下，我覺得好爽，但過了一秒鐘之後，我就開始害怕了。」

以上就是山岡對警察作出的供詞。後來山岡心想不能讓屍體就這麼留在休息室裡，於是他將屍體搬到機臺的旁邊，並且把頭部流出的鮮血塗在機械臂的前端。最後他打開機臺的電源，才轉身離開工廠。他以為只要這麼做，就能讓外人誤以為這是一起機械操作的死亡意外。

但這件事到此還沒有結束。過了一會，昏厥的林田竟然醒來了。他看了周圍的狀況，頓時明白了自己的處境。不過當時的林田很可能心裡有一些誤解，畢竟他處於意識不清的狀態，或許產生了自己眞的被機械臂擊中的錯覺。

在非上班時間發生機械操作意外，是身爲技術人員的最大禁忌。於是林田以朦朧的意識勉強移動身體，先關掉了機械電源，接著走進休息室。爲了不讓任何人進入休息室，他還特地把門鎖上了。他在休息室內再度失去意識，而且沒有再醒來。

值得一提的是把整袋煎餅扔進垃圾桶的人正是山岡。

「總而言之，工作要適可而止。」

班長一邊打牌一邊說。

「那些工程師雖然號稱白領階級，但他們的工作似乎沒有『做完』這一回事。只要有心想做，永遠都有做不完的工作。哪像我們，只要輸送帶上沒東西，就算想工作也沒得做，什麼無薪加班之類的蠢事當然也不會落在我們頭上。」

一名資深員工跟著說。周圍的同伴也各自發表感想。

「殺人當然不對，但被殺的也有問題。認眞工作雖然不是壞事，但不能滿腦子只有工作而不管他人死活。」

「沒錯、沒錯。」

「那全是因爲那些所謂的菁英人士太常動腦了。或許他們得了一種不動腦就會死的病。」

「正好跟你相反，要你動腦好像要你的命。」

「吵死了。」

「總而言之，我可不想落得那種下場。眞慶幸我只是個工廠員工。」

最後這句話讓所有人點頭如搗蒜。

「你們也別說得這麼難聽，川島可是明天就要回總公司了。」班長說。

眾人聽了這句話，全都朝我望來。

「實習結束了？日子過得眞快。」

「回去後也要好好加油。」

我起身對眾人鞠躬。

「謝謝大家這段期間的照顧。」

不一會響起了進入加班時間的鈴聲，大家各自走回工作崗位，但我得回宿舍收拾行李，班長特別允許我今天可以先離開。

眾人都走光了之後，葉子來到我身邊，說道：

「下次再帶我一起去兜風。」

「好啊。」

「這個給你。」葉子遞給我一枚祈求健康的平安符，「小心別過勞死。」

我愣了一下，回答：

「我會小心的。」

「多保重，再見。」

她戴上護目鏡，走向輸送帶。走到一半時，她突然又回過頭來，朝我揮了揮手，以嘴形對我說了聲「加油」。

簡直把我當成了即將上戰場打仗的士兵。

我心裡嘀咕著，一邊以握著平安符的手朝她揮舞。

失去的甜蜜

1

飛機不斷朝著檀香山前進，時間上沒有分毫延誤。

「度蜜月嗎？」

一個老人向我搭話。那老人坐在隔著走道的另一側，身上穿著淡色系的西裝，打扮相當體面而高雅。

「是啊。」我回答。

老人瞇起了一對白色眉毛下方的眼睛，說道：

「這樣很好，旅行就該趁年輕的時候。」

我擠出了禮貌性的微笑，反問：

「你們也是夫妻兩人前往夏威夷？」

老人的旁邊坐著一名身材矮小的老婦人，除此之外似乎沒有其他同伴。那老婦人察覺我的視線，對我微微一笑。

「是啊，夏威夷那個地方就算是像我們這樣的老人，也能玩得自在。」

老人接著壓低了嗓音，偷偷對我說：

「其實是順便慶祝金婚(*1)，討老婆歡心。」

「原來如此。」

我點點頭，不想再聊下去，故意把頭轉向身旁的尚美。她原本正在看書，但似乎聽見了我跟老人的對話，一跟我四目相交，便對我嫣然一笑。

飛機抵達檀香山機場，我領了行李箱，便帶著尚美搭上公車，前往了租車公司。由於早已事先預約，租車手續沒有花太久的時間。十五分鐘後，我開著一輛小型的美國車，載著尚美離開了租車公司。從現在開始，才眞正算是兩個人的旅行。

「我打算先開到奎利瑪，路上有什麼想看的景點嗎？」我問道。

奎利瑪是歐胡島北端的地名，我在那裡的度假飯店訂了房間。

「直接到飯店吧，我有點累了。」尚美回答。

「好，坐了這麼久的飛機，確實是累了。」

我點點頭，輕輕踩下油門。

尚美跟我都不是第一次來夏威夷。

我是第四次了，尚美則是第二次。但我們都毫不猶豫地選擇夏威夷當度蜜月的地點，那是因為我們都不希望這次的旅行太過招搖。

＊1　根據西洋習俗，結婚五十周年稱爲金婚。

不想太過招搖的理由有幾點。

第一，我是再婚。我今年三十四歲了，在二十六歲時曾經結過一次婚。當時的妻子在三年前死於車禍意外。

第二，我與前妻生的女兒也在不久前過世，因此我還無法打從心底享受幸福的滋味。

事實上我跟尚美既沒有舉辦婚禮，也沒有宴客，只到市公所辦理了結婚登記。事實上近年來很多年輕女性不喜歡辦婚禮跟宴客，因爲那給人一種彷彿結婚是爲了兩個家族的感覺。如果尚美也是抱著這樣的想法，沒舉辦也不算是虧待了她。

不過我不想把這場婚姻搞得太招搖，事實上還有第三個理由。我沒有把這個理由告訴尚美，然而這卻是我最大的理由。

2

抵達飯店的時候，時間剛過中午，由於辦理入住登記還太早，我們將行李寄放在櫃檯，先到餐廳吃一些簡單的餐點。

「這一帶果然日本人不多。」

點完餐後，尚美環顧左右，對我低聲這麼說。除了我們之外，餐廳裡確實沒有其他日本人。

「黃金週(*1)剛結束，日本觀光客本來就不多吧，而且大多數日本人都喜歡去威基基。」

「畢竟這附近沒有年輕人的遊玩景點。」

「飯店裡可以打高爾夫球跟網球，甚至還能騎馬，但一走出飯店就什麼也沒有了。」

「這裡連舞廳也沒有，日本年輕人應該會覺得很無聊吧。」

「別動不動就說年輕人怎麼樣，妳才二十多歲，妳也是年輕人。」

「伸彥，那你也是年輕人。」

「我不是。」

我皺眉說道。尚美嗤嗤竊笑，一臉喜悅之色。那笑容在我眼裡是如此可愛，宛如整個人洋溢著幸福感。如果此時我能擁有跟她相同的心情，不知該有多好，可惜我做不到。

吃完了午餐，辦理好入住登記後，尚美旋即說她想要去海邊。

「不去的話太可惜了，好不好？」

她或許是看不少美國人都在沙灘上做著優雅的日光浴，因此不想繼續待在飯店裡。

「當然好。」我回答。

兩人於是來到了沙灘上。尚美換上了一套有著花紋圖案的泳裝，跳進了海裡游泳。我則是坐在沙灘上，遠遠地看著尚美游泳的模樣。尚美從前經常游泳，因此姿勢優美又漂亮。有時她會轉

*1 黃金週指的是日本每年四月底至五月初的連假期間，許多日本人會趁這個時候外出旅遊。

過頭來，喜孜孜地朝我揮手。只要她朝我揮手，我就會揮手回應。每隔幾次，我還會拿起相機爲她拍一張照。

但我心裡很清楚，這些底片永遠不會有洗出來的一天。

當我們從沙灘回到飯店，正在等電梯的時候，突然有人朝我們搭話。

「哎呀，我們眞是有緣。」

轉頭一看，正是飛機上坐在隔壁的那一對老夫婦。兩人身邊還跟著一名服務生，顯然他們才剛抵達飯店。

「你們也住這間飯店？」

我心裡有些吃驚。

「是啊，在市內觀光花了太多時間，現在才到飯店。看來你們已經去游泳回來了？」老人看著我們的穿著說。

「呃，是啊。」我點了點頭。

老夫婦的房間剛好與我們的房間在同一樓層，老人得知後相當開心。

「看來我們住得很近。如果有機會，或許可以在房間裡一起喝一杯。」

老人一邊說，一邊做出舉杯的動作。這時老婦人說道：

「老伴，人家是新婚夫婦，你別去當電燈泡。」

「沒關係，我很期待。」我說。

當然我這麼說只是一句客套話，沒想到尚美也接著說：

「請務必來我們房間玩，人多一點才熱鬧。」

她那口氣有幾分認眞，令我頓時一顆心七上八下。

吃晚餐的時候，我們又遇上了這對老夫婦。他們就坐在我們的隔壁桌，兩人都換了另一身套裝。

「眞羨慕他們，結婚五十年還能這麼和睦，那是一件多麼美好的事。」尚美低聲說道。

那對老夫婦安安靜靜地用餐，偶而老人會說一、兩句玩笑話，逗得老婦人發出高雅的笑聲。

不一會，服務生也爲我們這一桌送上了葡萄酒。

「這次該爲什麼乾杯？」

我望著燭光另一頭的尚美問道。

「當然是爲了我們的將來。」

尚美帶著微笑舉起了酒杯。我也淡淡一笑，舉起酒杯與她的酒杯輕觸，接著將葡萄酒倒進嘴裡。冰冷的液體流入胃中，令原本幾乎快要遭幸福感淹沒的「某種情感」重新浮上了心頭。

我絕對不能有絲毫迷惘。絕對不能沉醉在與她相處的甜美世界中。我隔著酒杯凝視笑容可掬的尚美，心中如此自我警惕。

回到房間後，雖然時間還早，但我們各自沖了澡，躺在床上閒聊。尚美開始說起了將來的規劃。她說想要早點有孩子，還說想要趁空閒時間學一些東西。

我在旁邊只是含糊應答。

不一會，尚美在我懷裡發出了鼾聲。在飛機上難以熟睡，到了夏威夷後又沒有休息就直接下海游泳，怪不得她會如此疲累。我小心翼翼地下床，避免將她吵醒。

今天晚上我本來就沒有打算要跟她做愛。

我跟她早已發生過關係，今天雖是蜜月的第一天晚上，倒也沒有什麼理由非做愛不可。更重要的一點，是我已抱定主意不再與她做愛。

我走進浴室，以冷水洗了臉，深呼吸數次後才走回床邊。尚美依然發出著規律的鼾聲。我在她的身旁坐下，兩手輕輕伸向她的喉嚨。

指尖碰觸到了她那白皙而柔嫩的肌膚。我維持著這個姿勢靜止不動，一會之後，尚美微微睜開了雙眸。一時之間她無法理解我在做什麼，過了半晌，她才不安地凝視我的眼睛，問道：

「怎麼了？」

她的聲音微微顫抖。我在手指上施加了一點力道，她的臉色頓時轉爲恐懼。

「回答我……」

我以連自己也不禁毛骨悚然的低沉聲音問道：

「宏子是不是妳殺的？」

3

宏子是我去世女兒的名字。由於她的母親在她出生後不久就死了，宏子可說是由我一手拉拔長大。宏子過世的時候，她才四歲，有一對水汪汪的大眼睛，像個洋娃娃。

那天是耶誕夜的早晨，我跟宏子一如往常吃著早餐。天氣非常冷，即使開了暖爐，還是冷得身體直發抖。

「宏子，快點吃。」

宏子只是呆坐在椅子上，不肯乖乖吃早餐，我不禁念了她一句。這幾乎已是每天早上的例行公事。

「我不想吃，好想睡。」

宏子搓了搓臉頰，整個人倒在椅背上，眼神充滿了睡意。

「不能睡，爸爸得帶妳去姑姑家。」

我說著站了起來，關掉煤油暖爐。每天上班的途中，我會將宏子送到姊姊家，請姊姊代爲照顧。

這時我偶然朝暖爐上的煤油刻度瞥了一眼，發現煤油快用完了。

我拉著睡眼惺忪的宏子走出客廳，要她在走廊上等著，獨自走下樓梯。我家的停車場在地下室。

但我才剛上車，便想起有東西忘了帶。今天因爲工作的關係，我需要一些錄音帶。原本昨天要買，但我卻忘得一乾二淨。

於是我下了車，走出門外。距離我家徒步約數分鐘的地方，就有一家二十四小時營業的便利商店。我快步朝著那便利商店前進，心中想著那裡一定買得到錄音帶。

這個行爲讓我直到今天依然懊悔不已。

開車前往公司的一路上，到處都買得到錄音帶，爲什麼我要特地走路到住家附近的便利商店？這個問題連我也說不出答案，只能說我當時剛好就是想這麼做。

在這家便利商店裡，我遇上了大麻煩。

就在我排隊等結帳的時候，腦袋突然被人從背後敲了一下。

一時之間，我不曉得發生了什麼事。由於頭頂疼痛不已，我忍不住蹲了下來。伸手一摸，頭上竟已鮮血淋漓。接著我聽見有人大喊一聲「快把錢拿出來。」那是年輕男人的聲音。這時我才明白自己遇上強盜了。

我掙扎著想要站起，但平衡感似乎出了問題，起身後又癱倒在地上。我能夠聽見有不少人在我身邊慌張地來回奔跑，並沒有失去意識，但就是站不起來。

我就這麼躺在地上，不知過了多久，當我回過神來，我發現有人將我抬上擔架。接著我被送上救護車，送往了附近的醫院。

傷勢並不嚴重，抵達醫院時，我已能自行走路。但治療結束後，我還是在醫生的建議下拍了X光片。我一直掛心著一個人留在家裡的宏子，本來想趁等待X光片顯影的時間打一通電話，沒想到此時又遇上了阻礙。警察來到醫院找我，說是想要詢問案情。事實上我沒有什麼可以提供的線索，但這似乎是他們辦案的既定程序。

簡單說完了事發經過後，我問警察有沒有抓到歹徒。警察的回答是歹徒共有兩人，搶了錢之後已在逃走的途中落網。兩個人都是才剛從高中畢業的年輕人。

警察離開後，我才打了電話到姊姊家。我心想她一直等不到我跟宏子，應該相當擔心吧。我向姊姊說明狀況，她在電話另一頭發出驚呼。

「別緊張，我的傷沒什麼大不了。」

我盡量維持開朗的語氣。

「那就好，你也眞是倒楣。」

姊姊似乎聽出了我的傷勢確實不重，我感覺她的臉上正露出苦笑。

「姊姊，妳能不能到我家看看宏子？她獨自一人在家，我有點放心不下。」

「沒問題，我會跟宏子說爸爸臨時有事沒辦法回家。」

「拜託妳了。」

掛掉電話後，我才放下了心中大石。

過了一會，X光片的結果出來了。我的傷果然沒有大礙，但醫生還是提醒我，若覺得不舒服就要趕快回診。

離開醫院前，我又打了一通電話，這次是打回自己的家裡。沒想到接電話的人竟然不是姊姊，而是尚美。

「伸彥！不好了！宏子她……」

尚美呼吸急促，彷彿隨時會哭出聲來。

「宏子發生什麼事了？」我大聲問道。

「宏子昏迷不醒……可能有生命危險。」

「昏迷不醒？怎麼會發生這種事？」

「好像是暖爐裡的火不完全燃燒，導致一氧化碳中毒。」

「暖爐？」

我心想絕不可能，出門前我明明把暖爐關掉了。

「宏子現在在哪裡？」

「正在接受治療，你姊姊也在這裡，拜託你快回來。」

「好，我立刻趕回去。」

一掛下話筒，我立即拔腿狂奔。外人看見一個頭綁繃帶的男人像逃命一樣奔跑，一定會覺得很不可思議吧。

回到家一看，所有人都聚集在客廳裡。姊姊跟尙美不停啜泣，醫生也面色凝重地坐著不動。宏子就躺在眾人的中央。我頓時理解了事態，不禁跪倒在榻榻米上，抱起了躺在軟墊上的心愛女兒。我的喉嚨不由自主地發出了嘶吼聲，那一點也不像是我的聲音，只像是野狗對著遠方吠叫。

這天晚上，我在客廳裡向尙美詢問詳情。

「我一進門，就看見宏子倒在這裡的地上。整個屋子裡非常悶熱，我直覺便猜到是一氧化碳中毒，趕緊憋著氣打開所有的門跟窗戶，接著關掉了暖爐。」

尙美的口氣相當平淡，或許是在刻意壓抑感情，我只是默默聽著。在這一刻之前，我既沒有時間也沒有心思聽她好好解釋。

今天早上尙美會到我家來，是因爲她想買一件新家具擺在寢室裡，因此先來確認能不能擺得下。她前幾天就跟我說過這件事，只是我忘得一乾二淨。我給了她家裡的備份鑰匙，還跟她說過隨時可以來。

「妳進屋子的時候，暖爐是開著的狀態？但我出門前明明關掉了。」

我凝視著暖爐問她。
「可能是宏子開的吧。她等不到你回來，覺得很冷……」
「應該吧。」
我試著想像宏子當時採取的行動。父親一直不回來，她決定回到客廳，重新點著暖爐。雖然我平日嚴格禁止她靠近火源，但她已經四歲了，學著父親平時的動作點著暖爐並不是什麼難事。偏偏她只會開暖爐，卻不懂得維持家裡的通風。出門前我把窗戶都關上了，暖爐造成不完全燃燒只是時間早晚的問題。
想到這裡，我心中突然浮現了一個小小的疑問。今天早上我查看暖爐的煤油刻度時，煤油幾乎見底了，但如今一看，暖爐裡的煤油至少還有一半。到底是誰添加了煤油？爲什麼尚美跟姊姊都沒提到這件事？
雖然難以釋懷，但我告訴自己，一定是我看錯了。
「打開所有門窗後，我立刻打電話給醫生，不久後你姊姊也來了……」
「原來如此，給妳添麻煩了。」
「別這麼說……」
尚美低頭沉默不語。
「我不應該出門買東西的。」我朝桌上重重搥了一拳，「錄音帶明明到處都買得到。」

「伸彥，這不是你的錯。你本來能夠立刻回家，都怪那兩個強盜不好。」尚美如此勸我。

但我沒有回話，只是無力地嘆了口氣。像這樣追究責任，也沒辦法讓宏子死而復生。

發生意外的十天後，附近的一個家庭主婦對我說了一件怪事。這個婦人住在我家後頭，她說那天早上她看見尚美提著一罐煤油從後門走進屋裡。

「一罐煤油？那是什麼時候的事？」

我驚疑不定地問道。我家後門旁的小置物架上確實有一罐煤油。

「我也不記得是幾點，只記得是早上。」那婦人歪著頭說：「但一定是發生意外之前吧。要是已經一氧化碳中毒，誰還會給暖爐添加煤油？」

「嗯……」

我的內心充滿疑惑。那婦人應該不會對我說謊，而且我也曾對暖爐裡的煤油量變多一事感到懷疑。如果是尚美添加了煤油，一切就說得通了。

問題在於她爲什麼要做這種事？而且爲什麼要瞞著我？

就像住在後頭的婦人所說的，尚美不可能是在發生意外之後才做這件事。這麼說來，難道發生意外之前，尚美已經在我家裡了？

此外還有另一個疑點。我家的格局是客廳與廚房相通，中間有一道摺疊門，尚美說發生意外

的當下，那道摺疊門是關上的狀態。這件事讓我越想越不對，那天早上我應該沒有關上摺疊門，宏子當然也不可能做這件事。

但如果說摺疊門是開啓的狀態，那就更說不通了。我曾詢問過預防一氧化碳中毒的專家，對方告訴我，根據暖爐點燃的時間及客廳的空間大小來研判，如果那道摺疊門沒關上，應該不至於發生死亡意外。

我的心裡開始對尙美產生了懷疑。難道是她故意害宏子一氧化碳中毒而死？

我趕緊將這個可怕的想法拋諸腦後。我告訴自己，尙美沒有理由做這種事。但是當我深入思考尙美是否有這麼做的動機時，我對尙美的信心開始產生動搖。

我與尙美的婚事，最大的阻礙正是宏子。

不知道爲什麼，宏子就是不喜歡尙美。尙美已經來過家裡很多次，三人也經常一起出去玩、一起吃飯，但宏子始終只當尙美是個「陌生女人」。雖說宏子這孩子本來就很怕生，但已經相處這麼久了，她還是無法對尙美敞開心房，實在讓我感到相當不可思議。

「會不會是因爲宏子還記得自己的母親，所以不肯接納我？」

有一天尙美忍不住這麼問我，我當下立即否定這個可能性。

「她媽媽過世的時候，她還是個嬰兒，絕對不可能記得。」

「既然是這樣，她爲什麼不喜歡我？是不是我有什麼地方做得不夠好？」

「妳很好，沒有什麼缺點。再忍耐一下吧，我相信過陣子宏子會明白的。」

「好，我會忍耐……」

我跟尙美之間有過好幾次像這樣的對話，雖然她每次都被我說服，但心裡恐怕並非眞正釋懷。而且宏子對尙美的反抗態度越來越激烈，甚至讓我覺得宏子是打從心底討厭尙美。宏子四歲生日那天，我們本來要在家裡爲她舉辦慶生會，但她說什麼也不肯讓尙美進家門，尙美無計可施，最後只能黯然回家。

——如果沒有那個小女孩就好了……

尙美心中會不會產生了這樣的念頭？我想來想去，竟想不到理由來推翻這個假設。

我試著推測尙美那天到底做了什麼事。她來到我家，原本確實是爲了測量寢室的大小。但她看見宏子睡在客廳，心裡突然萌生了可怕的念頭。在這門窗緊閉的屋子裡，只要點燃暖爐，或許就能引發一氧化碳中毒……

或許她並沒有抱持非把宏子殺死的想法。她只是抱著姑且一試的心態而已。她所做出的行爲，甚至稱不上蓄意謀殺。她只是點燃了暖爐而已，這個動作本身並沒有什麼可議之處。

尙美走向暖爐，但正要點火的時候，她發現裡頭沒有煤油了。於是她添加了煤油，才點燃暖爐。打從一開始，她就知道煤油放在後門旁的小置物架上。

確認暖爐裡的火開始燃燒後，她關上了客廳的門。爲了提高發生意外的機率，她將客廳與餐廳之間的摺疊門也拉上了。接著她走出屋外，等了一段時間才重新回到家中。一如她的預期，宏子癱倒在客廳內。於是她打開門窗，關掉暖爐，並叫了醫生，心裡暗自期待著宏子已回天乏術。

摺疊門的事情，或許尚美原本並不想提。但她擔心若不說清楚，恐怕會形成這起意外事故中的疑點，所以她特地指出當她走進屋子裡時，摺疊門是拉起的狀態。

我對尚美的懷疑越來越深，最後幾乎已認定這是事實。但我從不曾想過要把這件事告訴警察，因為我打算親手查出眞相。

如果眞相是最壞的結果，我該怎麼處理這件事？對於這一點，我心中已下了決定。倘若眞的是尚美殺了宏子，我就親手殺了尚美。

「回答我！」我以雙手手掌握住尚美的頸子，問她：「是妳把宏子殺了嗎？」

尚美一臉哀戚地看著我，卻一句話也沒說。

「我知道妳在暖爐裡加了煤油。為什麼妳要這麼做？」

尚美依然沉默不語。我實在不明白，她為何連一句藉口也不肯說。

「為什麼不回答？妳默認是妳殺了宏子嗎？」

「明明……」

她微微搖頭，開口輕聲說道。

「什麼？妳說什麼？」

「明明在度蜜月……明明很幸福……」

我感覺我的臉頰在抽搐。

「如果不是妳幹的，我們馬上可以繼續度蜜月。快跟我說實話。」

但尚美沒有回答，反而閉上了眼睛。她深呼吸好幾次，胸口劇烈起伏，最後閉著眼睛以沙啞的聲音說：

「你要殺我……就殺吧……」

「這麼說來，果然是妳……」

尚美維持著沉默，緩緩吐出了一口氣，全身像洩了氣的皮球一樣癱倒在床上。

「好吧……」

我吞了一口口水，手指慢慢施加力道。

4

隔天早上，我一個人坐在餐廳裡，那一對老夫婦又來到隔壁桌坐下。這家餐廳的服務生似乎喜歡讓日本人聚集在一起。

我實在不想跟任何人說話，但既然看見了，總得打聲招呼。

「只有一個人？你老婆呢？」老人問我。

「她有點不舒服，在房間裡休息，應該沒有大礙。」

「這可不能輕忽，一定是太累了，你們還是好好休息一天吧。」老婦人說。

「謝謝你們的關心。」

我不希望他們繼續追問關於尚美的事，於是朝他們輕輕點頭，假裝專心用餐。其實我這時一點食慾也沒有。

吃完了味如嚼蠟的早餐，我沒有回房間，直接來到了沙灘上。此時已有數組攜家帶眷的房客在沙灘上鋪了墊子，我故意坐在離他們稍遠的地方。

我愣愣看著海面，回想著數年前來夏威夷旅行的情境。當時我是跟前妻一起來，那趟旅行結束後，她就懷孕了。在那之前，她一直說想要生個女兒。結果一如她所願，她生下了宏子，沒想到……

前妻遭遇車禍意外的回憶，如今依然深深烙印在我的心中。我接到噩耗，趕到醫院時，她已永遠無法睜開雙眼。宏子不曉得發生了什麼事，但看見我的淚水，也跟著嚎啕大哭。我當時緊緊抱住宏子，內心暗自發誓，絕對要讓這孩子過得幸福。爲了彌補失去的母親，我要給她加倍的關愛……

但最後宏子還是死了。

如果那是一場意外，我也只能認命。但倘若那是蓄意下的結果，不管凶手是誰，我非報仇不可。

不過……眞的是尙美殺死了宏子嗎……？

我不得不承認如今我懷疑她的心情已開始動搖，開始覺得她不是如此喪心病狂的女人。

尙美是我的公司同事，比我晚進公司，不僅性格開朗且親切對待每個人，因此贏得了我的好感。我心裡認爲她應該能成爲宏子的好母親，而她似乎也漸漸對我有了特別的感情。

但我在求婚之前猶豫了很久。因爲她是第一次結婚，嫁給我這種帶著拖油瓶的男人肯定得吃苦。

最後我下定決心向她求婚，是因爲她信誓旦旦地對我說「我一定會當個好母親。」

當時她說出口的這句話不斷在我的耳畔迴盪。她實在不像是會信口開河的人。當然我不敢保證她的意志力不會隨著時間而褪色，但至少當時我是相信她的。

當時我對她的那股感情如今重新在我的心中擴散。我暗罵自己愚蠢，因爲我已經沒辦法走回頭路了。我來夏威夷度蜜月，如今卻一個人坐在沙灘上，不正是最好的證據嗎？我腦中的一部分思緒，甚至正在盤算該如何處理尙美的屍體。

5

這天傍晚，我坐在房間裡，忽聽見了敲門聲。打開房門一看，又是那個老人。

「雖然太陽還沒下山，願不願意陪我喝一杯？」

老人手中握著一瓶白蘭地，對我擠眉弄眼。我一時想不到什麼好理由可以拒絕他，只好讓他進房間。

「你老婆不在？」

老人在房間裡左右張望後問。

「她出去買東西了。」

我雖然故作鎮定，但連我自己都聽得出來我的口氣不太自然。

「原來如此，她應該好點了吧？」

「好多了，託你的福。」

我取來酒杯及冰塊放在桌上，老人喜孜孜地拉開椅子坐下。

「你們夫妻經常到外國旅行嗎？」

老人一邊將白蘭地倒進兩支酒杯裡，一邊問。

「大概一、兩年才一次吧，而且都是挑近的國家。」

「那也很令人羨慕了。我上次也跟你說過，旅行就該趁年輕的時候。」

老人啜了一口白蘭地，忽然指著放在房間角落的行李箱，說道：

「好大的行李箱。這種尺寸的行李箱挺少見。」

「從前到歐洲旅行時買的。缺點是有些太大，不太好搬運。」我說。

那次歐洲旅行，我也是跟前妻一起去的。我還記得她第一眼看到那個行李箱時說出的感想，

「乾脆我躲在這裡頭吧。這樣可以省機票錢。」

事實上只要是身材嬌小一點的人，要鑽進那行李箱裡可說是綽綽有餘。

「這麼大的箱子，應該能裝不少東西吧。」

老人走上前去，仔細觀察起了那個行李箱。他露出一副想要打開來瞧瞧的表情，但我故意裝作不知道。

一會之後，他突然伸手想要抬起行李箱。我心想，他大概是想測試行李箱有多重吧。但他抬了老半天，行李箱卻是文風不動。

「嗯，眞重。」

老人走了回來，臉色已有些泛紅。

「你太太在房間嗎？」我問。

老人露出苦笑，說道：

「上午有些玩得太累了，她突然喊頭疼，現在在房裡躺著休息。」

「那可眞令人擔心。」

「一點也不需要擔心。她的身體狀況，我比她還清楚。」

老人眉開眼笑地啜了一口酒。

「你們沒有小孩？」我問。

「沒有，就只有兩個老人相依爲命。」

老人的笑容看不出寂寞。我心想，或許是已經過了感到寂寞的年紀吧。

我轉頭望向那巨大的行李箱，喝了一口白蘭地。腦中浮現尙美將各種行李一一放進箱裡的畫面，驀然間感覺有股壓迫感自胃部往上推擠。

「我能問個問題嗎？」

我放下杯子，凝視著老人說道：

「你是否曾經有過……想要殺死你太太的念頭？」

老人聽了我這問題，似乎並不特別驚訝。他慢條斯理地將酒杯放回桌上，眼睛望向斜上方，半晌後才將視線移回我的臉上，說道：

「有過。」

「咦？」

「畢竟在一起五十年了，當然有過。」

老人拿起酒杯啜了一口含在嘴裡，像山羊一樣蠕動嘴唇後嚥下。

「你們看起來感情很好，實在不像會有那種念頭。」

「是嗎？但是感情再好的夫妻，也有決裂的風險。有時正因爲相愛，兩人的感情無法取得共識，反而容易陷入僵局。」

「感情無法取得共識……？」

「譬如我做這件事明明是爲了對方好，對方卻無法理解，就好像齒輪轉錯了方向一樣，造成反效果。要把轉錯方向的齒輪矯正回來可說是難上加難，因爲矯正的方法勢必會傷害對方。」

「轉錯方向的齒輪……」我嘆了口氣，「如果只是單純的誤會，總有解開誤會的一天，但是……」

我說到一半，沒有再說下去。誤會總會解開，但我的情況恐怕不是誤會。如果尚美沒有殺死宏子，她爲什麼不肯爲自己辯解？

老人彷彿讀穿了我的心思。

「是不是誤會，得等到解開誤會的那一天才會知道。」

我一時愕然無語，半晌之後才說：

「話是這麼說沒錯，但有些情況永遠無法判斷是不是誤會。雖然無法判斷，卻被迫必須作出

結論。」

老人一聽，輕輕揚起嘴角：

「如果無法判斷，就應該相信對方。沒辦法做到這點，就是最大的蠢蛋。」

老人說完了這句話，接著起身說：

「好了，我該告辭了。」

我送老人到房門口，他轉頭又對我說：

「腦子裡只想著對方做了什麼事，誤會往往難以解開，這點希望你能三思。」

我聽不懂他想暗示什麼，一時無言以對。他淡淡一笑，自行開門走了出去。

房間裡只剩下我一個人，我見杯裡還剩下一些白蘭地，決定把它喝完。

老人的那句話一直在我心裡揮之不去。不能只想著對方做了什麼事……那是什麼意思？意思是我必須想想我自己做了什麼嗎？但是宏子去世的時候，我根本不在現場，要想也無從想起。

若要勉強找出能想的環節，大概就只有我出門前那段時間而已。但我可以肯定出門前已將暖爐關掉了，這點我有十足的把握。

但我接著思考關掉暖爐後自己又做了什麼事，我的信心開始動搖了。在今天之前，我滿腦子只注意到暖爐的問題，卻沒有注意到其它部分。

事實上我的行動之中隱藏著重要的關鍵，我甚至不明白爲何我過去一直沒有察覺。

我感到坐立不安，像一頭熊一樣在房間裡繞起圈子。一個令我心驚肉跳的推理正在我的心中逐漸成形。這個推理能夠解決所有存在我心裡的疑點。

那老人來到我的房間，肯定是爲了告訴我這件事。

數分鐘後，我衝出房間，奔過走廊，來到老夫婦的房間門前，敲了敲門。

「你果然來了。」

老人開門讓我進入。我踏進房裡，直接走到放置在窗邊的椅子前才停步。

「爲什麼不跟我說？」我發出有如哀嚎的聲音，「殺死宏子的人是我，對吧？」

「我實在……說不出口。」

尚美流著眼淚這麼說。

6

「白天我們發現她倒在樹林裡。」

老婦人握著尚美的手說道。尚美的手腕上包著繃帶，我頓時醒悟她曾企圖自殺。

「我們本來要報警，但她央求我們別這麼做。我說不報警可以，但要把理由告訴我。你女兒的意外，我感到很遺憾。從種種跡象來判斷，你會懷疑是你老婆下的手，這也怪不得你。」

老人在一旁說道。剛剛他跟我在我房間談話時，尙美多半正坐在老人的房間裡。

我搖頭說道：

「但你說得沒錯，那畢竟只是一場誤會。」

「誤會是常有的事，你昨晚沒有鑄下大錯，眞是太好了。」

老人這句話令我羞愧得無地自容。如今回想起來，自己的行爲實在是太愚蠢了。

昨晚我一度想要掐死尙美，但我最後還是沒有這麼做。不是因爲我相信了她，而是因爲我不敢殺人。

「你不殺我？」

尙美在我放棄之後反而這麼問我。但我沒有回答。

今天早上，尙美或許是覺得待在我身邊太痛苦，獨自一人走出了房間。當時她大概已有自殺的打算。能夠被老夫婦發現，實在是天大的幸運。

「對不起。」我向尙美低頭道歉，「我不奢望獲得妳的原諒，但請妳老實告訴我，車子的引擎是妳關掉的嗎？」

尙美原本還有些遲疑，但見再也隱瞞不了，只好點頭說：

「對，是我關的。」

「我就知道。妳爲了掩蓋車子的事，才故意點了暖爐……」

我閉上雙眼，無法再說下去。

一切全是我的疏忽。那天早上，我沒有關掉引擎就出門了。現在我終於清楚想起了當時的理由。那天早上實在太冷，我打算先讓車子暖暖引擎再出發。

在暖引擎的時間裡，我決定先出門買個錄音帶再回來，沒想到遇上了搶案，一直無法回家。車子的廢氣不斷沿著樓梯往上飄，瀰漫在整個走廊上。依宏子平常的習慣，那段期間她多半一直在坐在走廊上打瞌睡。

我可以清楚地想像出尙美剛踏進家門時的狀況。當時宏子已經倒在充滿汽車廢氣的走廊上，尙美察覺事態嚴重，決定設法掩蓋我的疏失。於是她在暖爐裡加了煤油，營造出暖爐不完全燃燒導致一氧化碳中毒的假象。

摺疊門的事當然也是她爲了不讓假象被揭穿，情急之下才胡謅的謊言。

這才是眞相。我沒有察覺宏子死在自己手裡，反而還懷疑試圖爲我卸責的尙美，甚至還想殺了她。

我感覺全身力氣盡失，不禁坐倒在地上。

「只要能讓妳消氣，不管妳對我做什麼，我都不會還手。」

我絕望地低頭說道。淚水一滴滴落在地板上。後悔與自責幾乎快要將我壓垮。

我感覺有人輕輕撫摸我的肩膀。抬頭一看，尙美皺起了眉頭，神情痛苦地說道：

「我實在說不出口。我不忍心看你這麼痛苦。」

「妳應該說的。至少在昨天晚上，妳應該說的。」

尚美臉孔扭曲，既像在哭泣，又像在微笑。

「你不會再殺我了吧？」

「尚美……」

「好了，我們四個人一起去吃個飯吧。」

站在背後的老人說：

「今晚我請客，慶祝兩位年輕人重新出發。」

我握住尚美伸出的手，搖搖晃晃地站了起來。

燈塔

1

我想要改變房間裡的擺設，偶然間發現了一本古老的相簿。不，或許說發現並不恰當。其實我心裡一直記得這本相簿，而且從不曾忘記我將它藏在哪裡。

我將相簿拿到書桌上，小心翼翼地一頁頁翻開。

直到翻至最重要的那一頁，我才停下動作。那上頭貼著一枚照片，以及一則剪報。照片裡拍的是一座白色燈塔。

那已經是十三年前的事了。今年四月，我就三十一歲了，佑介則應該三十二歲了。

雖然那件事如今依然歷歷在目，但我從不曾對任何人說出口。

十三年前的秋天，我十八歲，佑介十九歲。

我跟佑介是同學，但他比我大一歲。不是因爲他重考或留級，而是出生日期的關係。他的生日是四月二日，我則是在隔年的四月一日出生。換句話說，佑介在同學之中年紀最大，我則是年紀最小。

我跟佑介從幼稚園到大學都就讀同一間學校。除了家離得近這個物理因素之外，我總認爲背後還有某種超自然力量在搞鬼。而且讀大學時我們雖然學系不同，但他讀的社會學系與我讀的文學系共用同一棟校舍，因此我們見面的機會幾乎跟高中時期差不多。

當然我跟他的關係並不差，經常一起行動，但也稱不上是死黨好友。當時佑介經常說「像我們這樣保持適當距離才是良好的關係」。

良好的關係這個說法在某些層面上是正確的，但在某些層面上卻不盡然。畢竟我們的朋友關係是建立在宛如打結的絲線般複雜而漫長的經歷與回憶之上。

大學一年級的秋天，我跟他決定結伴出門旅行。當時雖已入秋，但是暑假才剛結束，氣溫還是一樣每隔幾天就會有一天像回到夏天一樣異常炎熱。

原本我是打算一個人旅行。一來我想爲學生時期留下一些回憶，二來我認爲獨自旅行應該能讓我的精神變得堅韌些。

佑介不知從哪裡聽到了我想出門旅行的消息，竟主動跑來找我，說他也想參加。我跟他說我想獨自旅行，不希望與人結伴，他的回答是兩人當然分開行動。

「我們各自走完全相反的路線，結束後再來比較看看誰的旅行比較有趣。」

「我爲什麼要跟你比較？」我說。

「沒爲什麼，就只是一場遊戲。這對你沒什麼損失吧？反正你就當作我剛好要到同樣的地方旅行。」

「你要旅行，我當然沒有權力阻止。」

這件事聽起來只能以莫名其妙來形容。但我大概可以體會他突然對我這麼說的心情。我竟然會決定要一個人出門自助旅行，這對他來說原本是不應該發生的事情。因爲在佑介的人生劇場裡，我一直扮演著懦弱男人的角色，沒有他的幫助就什麼也做不了。

我只把旅行的範圍設定爲東北地區，不安排詳細行程。使用交通工具的周遊券，盡量到處走走看看。

根據我的推測，這個時期應該不論到哪裡都沒什麼遊客才對。日本的學生就算再不愛念書，至少期末考前應該會乖乖待在家裡才對。如果這次的期末考包含非拿到不可的學分，我也絕不會想在這個時期出門旅行。而且不是我自誇，我平常每天都認眞上課做筆記，考試前根本沒有必要窮緊張。反倒是佑介比較需要擔心考試，但他既然主動說要旅行，多半已找到了應付考試的方法。或許社會學系有人願意借筆記給他抄，或是考試當天坐在他旁邊，故意把答案卷放在讓他容易偷看的位置。在高中時期，這些都是我的工作。

雖說是分開行動，但剛出發時還是結伴同行。我們搭同一班列車出發，但在不同車站下車。我打算從東北地區的南邊往北走，佑介卻打算直接搭車到青森。

「決定今晚要睡哪裡了嗎？」

列車開始行駛後不久，佑介突然問我。

「只決定了今晚而已。我已經預約了車站前的商務旅館。」

佑介聽了哼笑一聲，不屑地說道：

「自助旅行還住旅館？所以我說你是溫室裡的花朵。我可是完全沒有任何安排，但我一點也不擔心。反正如果眞的找不到地方睡，大不了睡車站的候車室。」

我聽到他說我是溫室裡的花朵，心裡有些不高興地說：

「從明天開始，我也有露宿街頭的覺悟，該準備的東西也都準備好了。」

「是嗎？不過我勸你還是別逞強，你平常沒在鍛鍊身體，幹這種事會很痛苦。」

「幾天不算什麼。」

「好吧，總之你別太亂來，自助旅行實在不是你這種人該做的事。」

佑介拍拍我的肩膀說。

接下來我們爲了打發時間，聊起了大學生活及社團的話題。雖說是聊天，但其實絕大部分是佑介在說話。他同時參加了網球同好會及滑雪同好會。搭車的過程中，他不斷向我炫耀這些社團裡發生了多少有趣的事。他的目的很簡單，就只是要向我證明他如今正過著最理想的大學生活，藉此來打擊我的信心。

打擊我的信心……這正是最好的註解。佑介決定參與這趟旅行，爲的就是打擊我的信心。對他而言，我是個不該擁有自信的人。

因爲我從來不曾擁有自信。

不僅沒有自信，而且總是躲在別人的身後。

而那個人通常是佑介。多虧了我，他才能一直扮演一個有膽識、受朋友仰賴的好青年。

我試著回想到底是從什麼時候開始，我跟他變成了這樣的關係。或許是從幼稚園就開始了吧。那時候的我確實經常躲在佑介的背後。因爲我的年紀最小，身材當然也矮了一些。相較之下，佑介的體格卻大得像高年級的學長。

每個人都對佑介敬畏三分。只要佑介一聲令下，所有人都會乖乖照做，簡直就像訓練有素的軍隊。但佑介在眾人面前耀武揚威，當然會引發眾人的不滿。於是大家都把怒氣發洩在最弱小的人身上，那就是我。我爲了保護自己，只好整天黏在佑介的背後。這麼一來，佑介更是得意洋洋。

像這樣的關係一直延續了下來。即使上了小學、上了國中，依然沒有改變。我的體格逐漸追上其他同學，而佑介的身材在同學之中也稱不上特別巨大，但強弱關係卻沒有任何變化。佑介永遠是老大哥，而且把我當成跟班小弟。說起來荒謬，事實上我對這樣的關係也沒有什麼不滿。只要跟在他的身邊，就能體驗各種有趣的事。說穿了那都是一些稱不上爲非作歹，但需要一些勇氣才敢接觸的遊戲。

上了高中之後，開始眞正對異性產生興趣，我對佑介而言又有了新的利用價值。簡單來說，就是襯托出他的優點。他認爲身邊只要隨時帶著我這個典型毫無男性魅力的小咖，就能更加突顯他的優勢。那段時期他常帶著我，找兩個女孩子進行四人約會。他看上的是其中一名女孩，而我就負責絆住另外一名女孩。當然被我絆住的那個女孩，其實也跟我一樣是個可悲的襯托角色。

但如今仔細回想，或許當時佑介把我帶在身邊當陪襯，並非全是爲了受女孩子歡迎。事實上佑介在國中時期還是同學之間的老大哥，但上了高中之後氣勢已大不如前。不管是課業成績還是運動，表現都不像以前那麼傲視群倫。同學不再對他抱持恐懼，他的意見似乎也沒有特別受到尊重。簡單來說，他成了一介平凡的高中生。

對於抱持強烈自我表現慾望的佑介而言，這是個難以接受的狀況。他爲了掩飾自己地位下跌的事實，身邊必須隨時有個比較的對象，而那個人就是我。只要我依然是佑介的跟班小弟，表面上看起來他就跟從前毫無不同。姑且不論別人怎麼想，至少他可以繼續沉浸在優越感之中。

列車駛進了山洞裡。

佑介此時閉上了眼睛。不知是炫耀自己的豐功偉業有些累了，還是已經找不到事情可以炫耀。我愣愣地看著他的側臉，他似乎察覺了我的視線，睜開眼睛看著我問：

「怎麼了？」

「沒什麼，你睡著了？」

「是啊，一下子就睡著了。」他揉了揉兩側眼皮，「每次旅行的時候，我都是這樣。我這個人就是神經大條，到哪裡都能睡，這是我的優點。」

我聽他又開始自吹自擂，已懶得為此生悶氣，反而想要苦笑。

「你也睡了嗎？」

「沒有，不想睡。」

「是嗎？但旅行要想維持精力，訣竅就是能睡的時候盡量睡。不過你這個人太神經質，多半做不到吧。這次你也帶了安眠藥？」

「嗯，以備不時之需。」

「你這樣子真的有辦法旅行嗎？」佑介揚起一邊嘴角，笑著說道：「我的背包裡只放了一種藥，那就是波旁威士忌。你不覺得帶真正的藥出門自助旅行是一種掃興的行為嗎？」

佑介又開始對我冷嘲熱諷，我不斷提醒自己別在意。

這趟自助旅行的最大目的雖是強化心智，但背後也隱含著為自己與佑介這十多年來的強弱關係劃下休止符。我認為只要自己能擁有自信，就不會再對佑介抱持毫無理由的自卑感。

但或許正是這個念頭引發了他的不快。原本一直受他支配的人如今竟然想要從他身邊逃走，他無法坐視不管，所以才加入了自助旅行的行列。我想他在旅行結束後一定會對我這麼說：「同樣是自助旅行，我可以玩得這麼驚險有趣。跟我比起來，你那根本稱不上是自助旅行。」如此一來，兩人的精神關係就不會產生任何變化。

我不斷提醒自己絕不能輸，絕對不能讓這趟旅行淪落為單純的觀光之旅。

從上野搭了五小時的列車，終於抵達了仙台車站。我起身揹上背包，說道：

「我出發了。」

「好，加油。」

佑介朝我輕揮右手。那充滿自信又帶著三分戲謔的表情已不再令我感到不悅，但我到了走廊上轉頭一看，他的神情竟有一抹不安，令我感到有些驚訝。

在仙台住了一晚後，我參觀了松島，後來由於找不到可投宿的地方，又前往了石卷。隔天我先到平泉，後來又到花卷，最後住宿於宮澤賢治舊邸附近的民宿。

從這一晚開始，我的心情越來越焦慮。

因爲我察覺我在做的事情只是單純地拜訪觀光景點，沒有任何意外插曲。我沒有認識同樣在自助旅行的女大學生，度過一個如夢似幻的夜晚；也沒有與當地居民建立交情，跟著對方探訪秘境。

我躺在棉被裡，看著旅館的天花板，心裡想著不知佑介此刻正在做什麼。他不僅擅長向女孩子搭訕，而且有著容易搭訕成功的帥氣臉孔。或許他此時身邊已有了另一個人，不再是單獨的旅行。這些當然都會成爲他說嘴的題材。如果他眞的跟我炫耀這種事，恐怕我會如他的預期徹底喪失自信。

我心想，總之明天到日本海那一側去看看吧。面對日本海的驚濤駭浪，或許我會驚覺在意這些小事有多麼愚蠢。

或許那裡正有著能夠改變我的事物。

2

我搭乘列車朝著日本海的方向前進，在X車站下了車（基於某種理由，不能明白說出站名），接著轉搭公車。那公車相當老舊，恐怕已有數十年歷史，每一張椅子的座墊都破損嚴重。而且路面坑坑疤疤，開車時劇烈顛簸，令我感覺屁股疼痛不已。除了我之外，車上還有幾個一看就知道是當地居民的乘客，以及兩個年輕女遊客。如果是佑介的話，一定會毫不猶豫地上前搭訕，但我卻做不到這一點。我開始給自己找各種藉口，譬如對方是結伴旅行，或是仔細一看她們並不年輕等等。轉眼之間我已失去了上前搭訕的最佳時機，公車就這麼抵達了終點站。

下車的地方是個突出於日本海的小海角，放眼望去周圍一帶什麼也沒有。就只有一大片寬廣的草原，以及一座矗立於前方的燈塔。附近有一整團的遊客正在到處走動，但看起來像是公司舉辦的員工旅遊，每個人的步伐都異常沉重。

我走到海角的前端，往下俯瞰海面。下方有著數不清的巨大岩石，浪頭不斷拍打，濺起無數水花。原來如此，這就是傳聞中的日本海。我心中的衝擊與感動並不像預期得那麼強烈，不禁有些小小的失望。

走過燈塔前時，我看見了公車裡遇見的那兩個女遊客。她們走進了燈塔內，我不由自主地跟了進去。我告訴自己，反正外頭沒什麼好看，不如進去參觀一下。

一進門便看到賣票的窗口。這種地方竟然也要收票，令我有些錯愕。坐在窗口裡的售票員是個年紀約三十出頭的男人，戴了副眼鏡，膚色黝黑。取回零錢的時候，我發現他的手臂異常粗壯，令我留下了深刻印象。

我沿著螺旋階梯走到燈塔上，景色一如預期稱不上什麼絕世美景，只不過是能看得比較遠而已。但站在另一頭的兩名女遊客的對話相當有趣，我一直站在原地偷聽，兩人一離開，我也沒有繼續待在燈塔上的理由。我在燈塔內繞了一圈便準備往下走，不想繼續在這裡浪費時間。畢竟我連今晚要睡哪裡都還沒有著落。

我正要走下樓梯，忽聽見身旁有人問了一句：

「自助旅行？」

轉頭一看，正是剛剛在窗口賣票的男人。他倚靠著扶手，朝著我望來。這個人不僅身材高大，而且體格魁梧，胸膛厚得彷彿快要把白襯衫的鈕扣撐破。在那厚實的胸口處，掛著一副大型的雙筒望遠鏡。

「是啊。」我回答。

他瞇起了藏在眼鏡後頭的雙眼。

「真羨慕，只有年輕的時候才能做這種事。你是學生嗎？」

「對。」

「我猜猜，你應該是……」男人將雙手交叉在胸口，「大學三年級？」

「猜錯了，是一年級。」

「這麼說來，你是今年春天才考上大學？所以今年想好好玩一玩？」

「我只是想做一些只有今年才能做的事情。」

「原來如此。」

男人頻頻點頭，彷彿他也有這麼一段過去。

「你的旅行範圍是東北地區？」

「嗯，如果可以的話，還想去北海道。」

「噢，你打算跑那麼遠？旅途中有沒有發現什麼讓你中意的地方？」

「呃……多少有一點。」

「例如呢？」

「例如……」我不知該怎麼回答，只好別過了頭。驀然間，日本海映入了我的眼簾。於是我說：「例如這裡。雖然不是什麼有名的觀光景點，但這反而是件好事。」

對當地的人說些客套話，也是理所當然的事情。男人果然喜形於色，說道：

「你喜歡這裡？沒錯，這裡雖然沒什麼名氣，但可是個好地方。尤其是從這座燈塔看出去的景色實在太美了，具有一種洗滌心靈的力量。」

他對著日本海的方向用力深呼吸數次，接著轉頭對我說道：

「要不要到樓下喝杯咖啡？不過只是即溶咖啡，希望你別介意。」

我喝著塑膠杯裡的即溶咖啡，心裡想著這多少也能拿來向佑介炫耀。與當地人結爲朋友，對自助旅行的人來說就像是得到了勛章。

男人自稱姓小泉，獨自在燈塔裡擔任管理員。

「你得一個人一直待在這個地方？」

我有些驚訝地問他。小泉露出苦笑，回答：

「我不是一直待在這裡。管理員還有另外一個，我跟他輪班。這次我的班是從今天中午到後天早上。」

「那也是很辛苦。」

我環顧室內。這間房間是所謂的觀測室，只有大約六張榻榻米大，擺著各式各樣的測量儀器，但沒有一樣看得出用途。此外還有一座描線紀錄器，正在紀錄紙上緩緩畫出紅色、黑色及藍

色線條。

牆邊有一張簡陋的沙發，我就坐在沙發上。他與我相對而坐，中間隔了一張小桌子。

「今天天氣不錯，要不要去看夕陽？」

他看了一眼手表後問我。我也看了看自己的手表。這時已快五點了。

「這附近的夕陽特別美。你看過太陽沉入海平面的景象嗎？」

「沉入海平面？沒有。」

「我就知道。住在靠近太平洋那一側的人，只能看見朝日從海上升起，卻沒辦法看見夕陽落入海中。走吧，我知道一個欣賞夕陽的好地方。」

小泉在兩腿膝蓋上一拍，站了起來。

「這不太好吧？等等可能還會有觀光客來燈塔。」

「放心，今天不會有人來了。從市區到這裡的公車，你剛剛搭的是最後一班。而且燈塔的開放時間只到五點，我只是比平常早一點關門而已。」

「原來如此。」

我心想既然是這樣，不如就答應他吧。就算不是什麼秘境，至少是當地人口中的「好地方」，有一看的價值。

我正要揹起背包，小泉突然說道：

「最好把行李放在這裡。等等要爬上岩石，身上別帶太多東西。」

「可是我打算看完後直接到公車站牌搭公車。」

距離回程的末班公車已剩下沒有多少時間。

「只要早點回來，一定來得及。如果眞的來不及，我可以開車載你去附近的車站。」

「那太麻煩你了，我們早點回來就好。那我就只帶照相機了。」

我從背包裡取出了照相機。就在這時，我的心裡萌生了一個疑問。他剛剛說我是搭最後一班公車來到這裡，爲什麼他會知道這一點？

同時我又想起了另一件事。剛剛在燈塔上頭的時候，他的胸口爲什麼掛著一副雙筒望遠鏡？

「我們快走吧。要是錯過了拍照的好時機，那就太可惜了。」

我愣愣地思考著這些疑問時，他一邊放下襯衫袖子，一邊催促我。

「好，走吧。」

我拿起照相機，跟在他身後走了出去，心裡暗罵自己太會胡思亂想。這個人沒有理由一直以望遠鏡監視我。

3

雖然小泉再三催促，但實際來到門外一看，我才發現距離夕陽西墜還有一些時間。我心裡暗自後悔，早知道就把行李帶出來了。

我們沿著右手邊的海岸線，走在雜草叢生的原野上。

「再過去一些，有個地方的花開得很漂亮。」

小泉指著前方一座小山坡說。我心想，他剛剛說要早點回來，但他此時好像一點也不在意時間。

我跟著他越過了那座小山坡，卻沒看見什麼美麗的花朵。他見我左顧右盼，對我說：

「就在那裡，看見了嗎？」

我朝他所指的方向望去。面海的半山腰上確實有塊地方長滿了白色的花朵，但距離至少有兩百公尺遠。

「我們走吧。」他說道。

我將手掌舉到眼前輕輕揮了揮。

「不用了，在這裡就好，時間不多了。」

「好吧，不然就在這裡看夕陽吧。」

他說著便在草叢上坐了下來。我也走到他旁邊坐下。

「小泉先生，你經常在這附近散步嗎？」我問。

「是啊，這裡是好地方，不管來幾次都不會厭倦。在這裡可以感受到明顯的四季變化，這是住在都市裡無法體會的事情。」

「眞棒，好令人羨慕。」

「我自己也覺得很棒。你就趁這個時候好好體會一下吧。」

「好。」

我一邊點頭，一邊看了看手表。末班公車的發車時間已快到了。我心裡正盤算著最好早點回燈塔，他似乎看穿了我的想法，問道：

「今晚要住哪裡，已經決定了嗎？」

我搖了搖頭，「還沒，但我想早點回X車站。」

「既然還沒決定，今晚要不要乾脆住在這裡？」

「你是說……住在燈塔裡？」

他對我點頭微笑。

「燈塔裡有簡單的住宿設備，我們管理員都是睡在那裡，兩個人睡也綽綽有餘，不過可能有點不太乾淨就是了。」

「這太給你添麻煩了。」

「我無所謂。剛剛我也跟你說過，我得一個人待在這裡，若能有個聊天的伴，那是再好也不過的事。」

「可是……」

「我看你就住下來吧。何必花大錢住旅館？」

「好吧，那我就叨擾一晚。」

這時我心裡的念頭，是想到了自助旅行時住在燈塔裡的經驗似乎可以讓我挺有面子。佑介說我是只敢住在正常旅館的溫室花朵，我想讓他刮目相看。

「就這麼說定了。既然你要住下來，得想想晚餐該吃什麼。我們一起去店裡買點東西吧。」

小泉說著便站了起來。我有些慌了，趕緊說道：

「等等，我們不是要看夕陽落入海面……」

「啊，對了。這是我自己提議的事，我竟然忘了。」

他露出苦笑，重新坐了下來。

太陽逐漸落入日本海的海平面下，我謹慎地拍了照，才與小泉一起背對著夕陽邁步離開。

來到了大路上，又走了大約十分鐘，前方出現一家小型賣場。

「旅行不見得一定要吃當地特產，那只是滿足自己的虛榮心而已。重要的是吸到了什麼樣的空氣。」

小泉一邊說，一邊將速食咖哩包及沙丁魚罐頭扔進購物籃裡。我沒料到來這裡還得吃速食食品，心裡有些不樂意，但不敢說出口。

走出小賣場後，他又走進了隔壁的酒販店，買了兩瓶特產酒。

「相聚就是緣分，今晚我們喝個痛快。你應該會喝酒吧？」

「能喝一點。」

我回答得相當謙虛，但其實我的酒量很好。我自己也不知道爲什麼，或許是遺傳吧。

走出酒販店的時候，隔壁的小賣場已開始進行打烊前的準備。不僅是這家店，周圍的家家戶戶都已關上了門窗。我與小泉走在昏暗的街道上，周圍看不到其他路人。

經過公車站牌時，我停下來看了一眼。站牌上寫著現在有臨時加開的公車可以到X車站。我一看手表，距離下一班車只剩下十五分鐘。

「怎麼了？」

走在前面的小泉停步問道。

「小泉先生，好像還有臨時公車，我還是告辭好了。」

「什麼？」

他走了回來，盯著時刻表看了一會，接著又低頭看我，眉心擠出了皺紋。

「但你不是沒地方住嗎？」

「這點請不用擔心，只要到大一些的車站，總能找得到商務旅館。」

「眞沒意思。」他不屑地說：「你這種旅行方式眞沒意思。就算有錢也不該這樣亂花。我看你還是乖乖聽我的，到我那邊去住吧。」

「可是……」

「我都已經買好晚餐，連酒也買了，別讓我失望。何況你還是個學生，住旅館未免太奢侈了。」

小泉的口氣中帶著明顯的怒意，令我吃了一驚。我不禁心想，為什麼他要為這件事生氣？是不是因為他抱持著幫助學生自助旅行的心態，我拒絕他等於是辜負了他的好意？

若是如此的話，或許我不該拒絕。

「好吧，那我還是住下來。」

「對，這才是正確的決定。」

小泉用力點頭，兩手拿起食物跟酒，再度邁開大步。

回到燈塔後，我們馬上便開始準備晚餐。但所謂的準備晚餐，不過是將速食咖哩包加熱，並且打開罐頭，把裡頭的魚肉移到塑膠餐盤上而已。房間裡完全沒有像樣的調理器具，就連我拿來切起司的水果刀，刀刃也已嚴重缺損。

大致準備完之後，小泉取出兩個杯子，倒了兩杯特產酒。

「為你的自助旅行乾杯。」

「謝謝。」

我們各自舉杯就口。

一升裝（*1）的酒轉眼已喝乾一瓶。小泉不僅自己喝得多，而且頻頻向我勸酒。

「你的酒量也挺不錯，經常喝酒嗎？」他一面打開第二瓶酒一面問道。

「不常喝，但也不討厭喝。」

「你喜歡喝什麼酒？威士忌？」

「沒特別的偏好。對了，我有個朋友只喝波旁威士忌。」

那個人就是佑介。

「噢？我自己只愛喝日本酒。威士忌、白蘭地什麼的都是既貴又難喝。」

他一邊說，一邊又往我的杯裡倒酒。

我們藉著酒興天南地北閒聊，從生平經歷聊到文化及運動，接著又大聲表達對現今政治的不滿。剛剛還是陌生人，此刻卻把酒言歡，這從未有過的體驗帶給了我緊張與興奮。

就在第二瓶酒也喝了一半的時候，小泉突然露出頗有深意的微笑。

「對了……」

*1 日制一升約一．八公升。

他的眼神開始飄忽不定，顯然已有了醉意。我則是自認爲依然神智清醒。

「你有這方面的經驗嗎？」

他豎起了小指。

「這個嘛……倒也不能算沒有……」我說道。

「有就有，沒有就沒有，別想敷衍我。你有女朋友嗎？」

小泉的臉上依然帶著賊兮兮的笑容，門牙上還殘留著剛剛吃的沙丁魚皮。

「現在沒有，不過高中時交過一個。」

「噢？爲什麼分手了？」

「沒什麼特別的理由。她父親調職到海外工作，她也要到美國念大學，所以我們就沒有再見面了。」

小泉聽我說到這裡，忽然發出了粗魯的笑聲。

「什麼嘛，這不表示你被甩了？」

「但我們現在還是會互相寫信。」

「噢……只有寫信，也不代表什麼。」他往自己的杯裡倒酒，一口氣喝了半杯，伸出手背在嘴角上一抹，接著說：「你跟她做了嗎？」

「……做什麼？」

「別想裝傻，你們搞上了嗎？」

「唔……」

「搞上」這種字眼讓我感覺不太舒服，不想實話實說。我跟她做愛的時候，內心並沒有沾沾自喜，因爲那對我們來說，就像是一種分手的儀式。

「這點就任憑你想像了。」

我煩惱了一會後決定這麼回答。這應該不算是敷衍。

「我明白你的意思，你們搞上了。」

小泉自顧自地連連點頭數次，突然又抬頭問道：

「那是你的第一次嗎？」

我差點沒把酒吐出來。

「這一點也任憑你想像。」

「大家都是男人，何必這麼不老實？哈，我明白了，一定是還沒喝夠。剛剛實在應該多買一瓶才對。」

他舉起瓶口朝我湊來，我反射性地遞出杯子，內心卻已漸漸覺得跟這個燈塔管理員相處實在有些痛苦。

4

決定住在燈塔裡的時候，我已有今天肯定沒辦法泡澡的覺悟。我以爲像這樣的地方，應該頂多只有淋浴的設備而已。因此當小泉開始放洗澡水的時候，我著實吃了一驚。

「快去泡澡吧。要消除疲勞，泡澡是最好的辦法。」小泉說道。

浴室與觀測室只隔了一條走廊，而且沒有脫衣間。我問他要在哪裡脫衣服，他苦笑著說道：

「這裡平常只有一個人住，沒必要有脫衣間。你就在這裡脫吧。」

「好吧，那就失禮了……」

於是我在觀測室內脫下衣褲，摺好放在長椅上，接著從背包中取出洗澡用具，只穿著一條內褲走向門口。

「你幹什麼？怎麼不連內褲也一起脫了？」

小泉在背後問道。

「呃，我想順便把內褲洗一洗。」

「那也不必……好吧，隨便你。」

「我進去了。」

浴室比想像中更加狹窄且陰暗。浴缸是圓筒狀，看起來像是以老舊的汽油桶改造而成。浴缸的前方只有大約數十公分的空間可以清洗身體。

我先泡了一會澡，才開始清洗身體。我洗得相當謹慎小心，才沒有讓手腕撞上牆壁或水龍頭。驀然間，背後的門被打開了。

「熱水的溫度還可以嗎？」小泉問道。

「剛剛好。」

「那就好，要不要我幫你洗背？」

「不用了。」

「不必跟我客氣。」

「我自己洗好了。」

「噢……」

他沉默了數秒，只是低頭盯著我看。我察覺他的眼神有些不對勁，「怎麼了嗎？」

「沒什麼，我去把寢室整理一下。」

他說完便關上了門。

走出浴室後，我穿上了原本的髒衣服。其實背包裡有替換用的休閒服，但我不知道寢室裡是什麼樣的狀況，不敢隨便換上。

我坐在長椅上看書，不一會，小泉走了回來。

「寢室在隔壁房間，裡頭的毛毯都可以隨便用。我要去洗澡，你先休息吧。」

「謝謝。」

我收起書本，走到隔壁房間一看，房間大概只有三張榻榻米大，地板上層層疊疊地鋪了好幾枚毛毯，根本分不清哪些毛毯是拿來躺的，哪些毛毯是拿來蓋的。我躺了下來，胡亂拉起毛毯裹住身體。

這間房間沒有窗戶。我看著骯髒的天花板發呆，大約五分鐘之後，小泉走了進來。

「你已經洗好了？眞快！」我說。

「嗯，我只有沖澡而已。」

他身上只穿著汗衫與內褲，肩膀與手臂的肌肉高高隆起，有如寺院裡的仁王像。他關掉電燈，在我的身邊躺下。

我閉著眼睛不動，不一會已有了睡意。或許是肚子裡的酒精在這時終於發揮了效果。我以昏昏沉沉的腦袋想著自己的家人。爸爸、媽媽及妹妹一定作夢也想不到我現在會在這種地方。

接著我又想起了那個去了美國的女朋友。我想起了她那柔軟的肉體。當時她畏畏縮縮地輕觸我的下體，嘴裡呢喃著「好奇妙」，接著便是一陣飄飄然的快感……

就在這時，我突然驚覺不對勁。下體似乎有不尋常的觸感，那並非單純因爲勃起所造成。

我緩緩轉動脖子，想要確認發生了什麼事。一看之下，我霎時目瞪口呆。

我的牛仔褲拉鍊不知何時被拉了下來，而且有人正隔著內褲撫摸著變硬的下體。
那個人的身分無庸置疑。房間裡除了我之外，就只有一個人而已。
我再凝神細看，他的頭就在我的腰際旁邊。
我感覺心臟快速跳動，全身像凍結了般難以動彈。
原來如此。
我恍然大悟，原來這就是他的目的。仔細想想，他根本沒有理由對不認識的學生如此親切。他一定是以望遠鏡觀察每個走下公車的乘客，從中挑選出符合他喜好的年輕男人。
我感覺全身冷汗直流，腦中快速思考該如何是好。這時絕對不能魯莽地大吵大鬧。他一旦見我反抗，一定會試圖以武力將我制伏。這個人壯得像金剛一樣，我肯定不是他的對手。
我感覺他的手指正在拉扯我的內褲，我的下體已萎縮得有如洩了氣的氣球。一定要立即採取行動才行。於是我胡亂發出一些模糊不清的聲音，假裝睡得正熟，接著一個翻身，讓身體背對著他。他似乎吃了一驚，把手縮了回去。
我屏住了呼吸，面對著牆壁。但我不知道他接下來會採取什麼樣的行動，心中充滿著不安與恐懼。尤其是此時我的身體正背對著他，更是讓我一顆心七上八下。他隨時有可能會脫掉我的牛仔褲，甚至是扯掉我的內褲。如果可以的話，我很想把牛仔褲的拉鍊拉上來，但如果我這麼做，他馬上就會知道我已經醒了。值得慶幸的一點，是他目前還不打算靠蠻力滿足自己的慾望。他靜

靜地等著，想等獵物熟睡後再採取行動。

我躺在床上，心裡苦無良策，過了一會，他又動了起來。他將手掌放在我的腰間，輕輕上下撫摸。這個動作可能帶有測試我是否已經熟睡的意圖。換句話說，如果我再不設法脫身就來不及了。

我鼓起了勇氣，一邊發出低吟，一邊再度翻身。這次他又將手縮了回去。我確認他沒再伸手過來之後，假裝輕咳一聲，懶洋洋地坐起上半身。接著我裝出一副熟睡中被吵醒的表情，一邊搓著臉頰，一邊打了個大呵欠。他靜靜地趴在旁邊，假裝已經睡著。

我故意緩慢地爬至房門口，將腳掌胡亂伸進運動鞋裡，鞋跟也沒拉，就走出門外，打開走廊另一側的廁所門。但我的目的當然不是爲了小便。我打開廁所電燈，關上門，卻躡手躡腳地走進了觀測室。

幸好我把行李都放在觀測室裡。我在這裡穿好鞋子，拉上牛仔褲拉鍊，打開了牆上的鋁窗。接著我先將背包扔出窗外，然後才爬窗跳了出去。

然而接下來才是最大的難題。燈塔的周圍有一道圍牆，高度足足有兩公尺高，圍牆門的高度也差不多。我揹起背包，費了九牛二虎之力才翻過圍牆門。

我擔心他隨時會追上來，一跳下圍牆門，立即死命地拔腿狂奔。這一帶沒有路燈，我只能靠微弱的月光尋路。但夜色讓我不容易被發現，這反而對我有利。俗話說「燈塔底下是最暗的地

方」，我不由得打從心底感謝這句話。(*1)

這一晚，最後我是拿出了睡袋，睡在距離公車站牌頗遠的草叢裡。雖然公車站牌旁有座亭子，裡頭還有長椅，但我擔心那男人追上來會立即發現我，因此根本不敢靠近。

天色才剛亮，頭班公車便開到了站牌前。我揉著惺忪的雙眼跳上了公車。昨晚我完全沒辦法闔眼，每當快要睡著時，就會夢見那男人在後頭追趕，因而嚇得跳起來。

我看著車窗外，心裡暗罵這種鬼地方我絕對不會再來第二次。

公車抵達X車站，我轉搭電車，來到了與佑介約好的車站。我一下子就找到了約定碰面的咖啡廳。在等著佑介到來之前，我不停思考著該怎麼把昨晚發生的事告訴他。如此古怪的經驗，想必他聽了也會咋舌不已吧。

約定的時間已過了三十分鐘，佑介才走進咖啡廳。他完全沒有為遲到道歉，一坐下便說道：

「昨晚眞是棒透了。」

他露出賊兮兮的笑容，一邊掏出香菸，一邊接著說道：

「我在遠野釣上了一個女人，她一個人住在盛岡，平日做的是接待小姐的工作。我昨晚就睡

*1 日本格言，意思是越明顯的事情反而越容易被忽略。

在她的房間裡，她眞是太棒了，年紀只比我大一歲，卻有一種成熟的魅力。」

「噢……？」

「自助旅行就是要發生這種事才有趣。對了，你呢？有沒有遇上什麼插曲？」

「呃，多少有一點。」

就在這個瞬間，我的腦海閃過了一個念頭。這個念頭充滿了惡意，完全超越了惡作劇的限度，但我就是忍不住想這麼做。

「是嗎？你遇上了什麼事？」

「唔，譬如說我在中尊寺……」

我故意只說了前天之前所發生的事。佑介聽到一半已笑了出來，說道：

「我猜得沒錯，你只能做這種高雅的旅行，一點也不敢冒險。」

「不是不敢，而是找不到機會。啊，對了，其實昨晚有點可惜，我原本能住在有點古怪的地方。」

「有點古怪的地方？」

「燈塔。」

我把那小海角的事情告訴了佑介，但我最後只說我投宿在X車站旁的旅館。

「我在那間旅館裡，有其他旅客建議我到燈塔碰碰運氣。他說只要想辦法說服燈塔的管理員，就能夠住在燈塔裡。如果成功了，甚至不用付餐費跟住宿費。但是到目前爲止，成功的遊客並不多，因此那座燈塔在東北地區的自助旅行愛好者之間形成了一種傳說。」

「噢……聽起來挺有意思。」

一如我的預期，佑介對燈塔產生了興趣。

「好，我今天就去試試看。」

「你眞的要試嗎？聽說那個燈塔的管理員是個有點可怕的人。」

「你放一百個心吧，我又不是你。」

佑介揚起嘴角笑了起來。

6

與佑介分開之後，我繼續搭車北行，一直到了青森。我先前往恐山參觀之後，又回到青森市，住進了商務旅館。我在浴室裡一邊淋浴，一邊想像著那燈塔裡的兩人如今應該開始喝酒了吧。

燈塔管理員今晚一定也會買當地的特產酒，而佑介則是喝波旁威士忌。依佑介的個性，他肯定不會摻水或加冰塊，而且會大口大口地把酒灌進嘴裡。

佑介的酒量也很好，若是平常的他，大概會像昨晚的我一樣，不會那麼容易被灌醉。

但今晚的情況有些不同。

今天早上與佑介見面時，我設下了一個小小的陷阱。我趁他去上廁所的時候，從他的背包中找出威士忌的酒瓶，把我隨身攜帶的安眠藥扔了進去。

因此今晚他一喝酒，肯定會馬上醉倒。

至於接下來會不會發生什麼事，我就不知道了……

隔天我搭公車越過了八甲田山，在奧入瀨下車，徒步走到十和田湖。不少看起來像學生的年輕人像我一樣沿著溪流邊散步。接著我搭觀光船渡過十和田湖，再度搭上公車前往十和田南車站，轉搭花輪線列車前往盛岡。

我在盛岡住進了一家兼賣蕎麥麵的旅館。我挑戰了一口杯麵競賽，吃到第七十二杯才放棄。

我捧著快要爆炸的肚子回到房間，打開電視，看著新聞節目發楞。就在這一瞬間，我看見了令我嚇得跳起來的新聞。

這就是十三年前那件往事的來龍去脈。

當時我看到電視上的報導後，隔天一大早便趕緊買了一份報紙，把那則新聞小心翼翼地剪下來，夾在東北旅遊手冊之中。

如今那張剪報就貼在這本相簿裡。

看過這張剪報的人，除了我之外就只有佑介。當年旅行回來之後，我們各自向對方展示了旅行中所拍的照片。

從他的相簿可以看出一點，那就是他的旅行在去了那座小海角之後就結束了。當他翻開我的相簿時，他的表情令我畢生難忘。

他完全沒提及關於那則剪報的事，甚至沒問我爲什麼會在相簿裡夾一枚剪報。

當然我也什麼話都沒說。

我想我跟他這輩子大概不會有談論這則剪報的一天。這也沒什麼不好。

在闔上相簿前，我又讀了一遍這則老舊的剪報。剪報的內容描述的是有座小海角的燈塔管理員遭到殺害。

凶器是一把水果刀。雖然文章裡並沒有寫明，但我猜大概就是當初我拿來切起司的那把刀刃受損嚴重的水果刀吧。

死亡推斷時間爲早上五點至八點，死者是在燈塔內的寢室裡遭到殺害，現場沒有打鬥痕跡。寢室裡的毛毯上沾有死者的精液。

管理員竟然射精了，這點眞是相當耐人尋味，但我絕對不會拿這件事詢問佑介。

我輕輕闔上了相簿。下一次翻開它，大概是十年後或二十年後了。

無論如何，我跟佑介的「良好關係」應該還會持續下去。

結婚報告

1

智美納悶地看著信封上的署名。自己並不認識一個叫山下典子的人物。拆開那有著花紋的深藍色信封一看，裡頭有一張信紙，上頭寫滿了小而娟秀的字跡。

——咦？難道是那個典子？

智美帶著幾分焦慮的心情讀起了信的內容。

果然沒錯，這是長谷川典子，也就是「那個典子」寄來的信。

「智美，好久不見，妳好嗎？這些年來讓大家一直爲我擔心，現在我終於嫁爲人婦了。回想起來，我眞是大繞遠路，不僅經歷了不少風風雨雨，還曾經受騙上當呢。

願意拯救即將年滿三十歲的我脫離苦海的好心人叫山下昌章，他是新瀉人，比我大一歲。我跟他是同事關係，也就是所謂的辦公室婚姻。

智美，妳應該很清楚我的擇偶條件。眼神要冷酷，鼻梁要高挺，嘴型要優雅，膚色要曬成健康的小麥色，皮膚要光滑，臉上不能有青春痘之類的髒東西，肩膀要寬厚，臀部要小而緊實，身材要高，體型要像運動健將。但以上這些條件，山下昌章符合的連一成也不到。每次我把他介紹給朋友，得到的感想都是『似乎是個溫柔體貼的男人』。不過他的身體很健康，而且工作認眞，以丈夫而言並不算太差。可惜他喜歡蒐集蝴蝶標本，這是我完全無法理解的事情，令我相當頭痛。我們家很小，只有兩房兩廳，卻堆滿了讓人心裡發毛的標本盒。其中有些蝴蝶看起來跟蛾沒兩樣。前幾天我才警告過他，我們的日子不算太好過，不能花太多錢在這種興趣上。說眞的，我們這邊的物價也挺高的。

智美，妳最近好嗎？妳一定還是繼續過著自由自在的上班女郎生活吧？我想妳應該很忙，不過如果妳有空的話，歡迎來找我玩。」

信末還寫了一句附記。

「我們因爲不想浪費錢，所以沒有辦婚禮，隨信附上我們的合照。」

——哼，什麼自由自在的上班女郎。說穿了還不是諷刺我嫁不出去。

智美把信讀了兩遍後在心裡咒罵了一聲。不過實際上智美並沒有因這封信而感到不愉快。打從學生時代，智美與典子就經常像這樣鬥嘴。

智美與典子是東京某短期大學的同學。智美的老家在埼玉，每天從老家通車一個半小時上學；典子的老家在石川縣，因此在東京租了房間。有時智美在東京都內玩得太晚，會借住在典子的房間。

畢業後，智美進入一家小出版社工作，在東京過起獨居生活，典子則搬回了老家。典子的理

由是在東京討生活並不容易，而且想盡量陪在父母的身邊。後來典子進了她父親任職的公司上班。

智美不禁回想自己與典子最後一次見面是什麼時候。大約三年前，典子來到東京辦事情，幾個朋友曾相約見了一面。那時還沒結婚的人，只有智美與典子而已。有些結了婚的朋友甚至已生了兩個小孩。因爲這個緣故，那天智美幾乎只與典子講話。其他朋友只會不斷拿自己丈夫或孩子的事來炫耀，跟她們聊天一點意思也沒有。

沒想到現在竟然連典子也結婚了。

——唉，這一天終於來了。

智美嘆了口氣，低頭一看信封裡，確實附了張照片。典子在信裡把丈夫形容得其貌不揚，但實際上搞不好是個大帥哥。智美抱著三分不安的心情，從信封裡取出了照片。照片裡的主角確實是一對男女。男方雖然稱不上英俊挺拔，但身材很高，而且笑得眼睛瞇成了一條縫，看起來相當親切。

——還不錯啦，典子。

智美在心裡說道。但是一將視線移向照片裡的女人，智美頓時傻住了。

「咦？這是在搞什麼？」

照片裡的女人根本不是典子。雖然身高跟一頭長髮與典子頗有相似之處，但長相可說是截然不同。

——這是怎麼回事？

智美將照片拿到眼前細看。照片只拍出了男女的上半身，臉孔並不算小。背景看起來似乎是金澤城。

——不對，這個人絕對不是典子。典子怎麼會寄這張照片來？

智美將信與照片擺在眼前，想來想去卻想不出個所以然來。難道是典子不小心放錯照片？但是眞的有可能粗心犯這種錯誤嗎？典子在學生時代可是做事相當謹愼的人。

智美越想越是放心不下，決定拿起無線電話。現在是晚上十點，應該還不算太晚。

智美按下了信尾所留的電話號碼。在等待接通的時候，智美突然想到了一個可能。

——會不會是她整形了？

如果眞的是整形，或許特地打電話質問是件相當失禮的事。

但智美旋即推翻了這個可能。典子的相貌稱得上是個美女，根本沒必要大幅度整形。何況典子那張臉不管再怎麼整形，應該也不可能變得像照片裡的女人那樣。

等待鈴聲響了一聲又一聲。智美原本期待能聽見典子的開朗嗓音，但等了許久，卻遲遲沒有人接電話。

——不在家嗎？

智美心裡咕噥著典子怎麼不裝答錄機，掛下了話筒。

隔天智美下班回到家，又打了一通電話給典子。但就跟昨天一樣，鈴聲響了半天，就是無人接聽。

接下來連續兩天，智美都在白天偷偷以公司的電話打給典子。改成白天撥打，是因為推測典子晚上固定要出門。

但這兩天還是沒有人接電話。

智美心中的不安感越來越強烈。沒接電話或許有很多理由，但照片的事情卻難以解釋，令智美感到渾身不舒服。

智美很想聯絡典子的老家，可惜自己根本不知道典子老家的地址及電話。

——這可眞傷腦筋。該怎麼辦才好？

智美又將信拿出來重讀了一次。「歡迎來找我玩」這句話映入了智美的眼簾。

——雖然這季節沒什麼好玩的，但也只能去一趟了。

智美轉頭望向牆上的月曆。今天是九月二十二日，明天就是星期日了。

2

從羽田機場搭飛機到小松機場只需花費一小時，從小松車站搭電車到金澤則只要大約三十分鐘。從東京到金澤其實交通相當方便，很適合自助旅行。智美在心裡如此評論。從前還在讀書的時候，智美便曾獨自來到金澤。當時不管走到哪裡，都會遇上搭訕的男人。有些人會裝得若無其事地問「妳從哪裡來？」或是「只有一個人嗎？」有些人則會直接了當地說「要不要一起走走？」或是「我開車載妳」。其中最讓智美感到莞爾的搭訕之詞，是「我帶妳去一家五木寬之從前常去的咖啡廳。」若是早稻田大學的學生，或許崇拜五木寬之還有點道理，但五木寬之（*1）對一般年輕人根本不具吸引力。「我沒興趣。」智美當時如此回答。言下之意，當然是對你這個人也沒興趣。智美永遠記得那男人的沮喪表情。

電車抵達金澤車站的時候，時間剛過十點。原本這個時間，自己應該正在前往拿原稿的路上。但昨天夜裡，智美打電話給出版社老闆，提出了請假的要求。那個禿頭的老闆或許是很少在公司以外的地點與年輕女人說話，心情好得不得了，二話不說便答應了。那個老闆是關西人。

由於這個時間到飯店辦理入住手續還太早，智美將行李放進投幣式置物櫃，走向計程車招呼站。

「我要去這個地方。」智美將信封上的地址拿給計程車司機看。

「在玄光院附近。」司機回答。

*1 五木寬之（一九三二—）爲日本著名小說家，曾就讀早稻田大學，代表作有《青春之門》《親鸞》等。

智美其實一點概念也沒有，卻應了一句：「應該是吧。」

沿途道路相當平整漂亮，道路兩旁盡是高樓大廈，走在人行道上的路人看起來也跟東京人沒有多大差別。但只要從這條幹線道路轉進小巷裡，應該馬上就會看見神社、傳統武士住宅等名勝古蹟。智美心想既然來了，不去看一看實在太可惜，但典子的事還是得先解決才行。

計程車通過犀川，在高低起伏不定的狹窄巷弄裡鑽來鑽去，大約數分鐘之後放慢了速度。

「應該就在這一帶吧。」

「好，那我就在這裡下車。」

下了車之後，智美環顧四方，放眼望去盡是古老木造建築。一名中年婦人在自家門口晾衣服，智美滿臉堆笑走上前去問路。

中年婦人的說明技巧相當差，智美費了一番功夫才終於找到了目的地的那棟公寓。那是一棟兩層樓建築，每一層共有四戶。建築物本身似乎相當新，牆壁白得刺眼，但周圍都是傳統日式屋舍，讓這棟公寓顯得有些突兀。

典子的家在二樓的最角落，門口姓名牌上寫著「山下昌章　典子」。智美按下對講機按鈕，門內傳出鈴聲。但智美按了兩次，門內卻無人回應。

——果然不在家。

智美一看報紙盒，裡頭是空的，並沒有堆積好幾天份的報紙。或許這代表他們事先已告知派報行，這陣子不在家所以別送報紙。但智美轉念又想，典子他們是新婚夫妻，搞不好是剛搬來沒多久，根本還沒訂報。

就在智美煩惱著不知如何是好的時候，忽聽見了上樓的腳步聲。一個身材削瘦的男人走上了樓梯。這男人穿著一身拘謹的深藍色西裝，頭髮也分得整整齊齊，形象有點像是舊時代的銀行行員。

男人朝智美瞥了一眼，取出鑰匙打開隔壁大門。

「請問……」

男人握著門把轉頭看向智美。

「有什麼事？」

「你是這裡的住戶嗎？」

「對啊。」

男人的眼神流露出警戒之色，但智美並沒有退縮，繼續問道：

「你知不知道住在這裡的夫妻到哪裡去了？」

「呃，我不清楚。」

男人回答得相當冷漠。智美並不氣餒，接著又問：

「你曾見過這對夫妻嗎？」

男人的右側臉頰微微抽動了一下，說道：
「他們剛搬來的時候，來跟我打過招呼。」
「請問是不是這兩個人？」
智美取出照片遞過去，男人拿起照片看了一眼。
「沒錯，就是他們。」
智美一聽到這句話，霎時感覺天旋地轉。
「請你再看清楚一點，女方應該不是同一個人吧？」智美故作鎮定地說道。
「妳到底想說什麼？」
男人的臉色越來越嚴峻。
「沒……沒什麼。好吧，對不起。」智美說道。
男人走進屋內，粗魯地關上了門。
——這是怎麼回事？典子，妳到底在玩什麼把戲？
智美一臉錯愕地走下樓梯。就在這時，她看見了一塊招牌，上頭寫著：
「吉屋出租　河原租屋公司 TEL×××」

3

河原租屋公司位於犀川旁的濱河道路上。就像其它租屋公司一樣，玻璃牆上貼滿了租屋訊息。

智美表示自己來這裡找朋友，但朋友不在家，因此想問問看有沒有其它聯絡方式。臉上戴著眼鏡的中年店長流露出同情的表情，大方地答應幫智美查一查。照理來說這種個人隱私不能隨便告訴他人，但中年店長或許是太閒沒事做，反應竟比智美的預期還友善得多。

中年店長最後查到了山下昌章的任職公司電話。此外由於保證人是典子的父親，所以租屋公司也留有典子父親的住家地址。中年店長告訴智美，昌章的父母皆已過世。智美聽了不禁暗想，典子沒有公婆眞是太幸運了。

爲了保險起見，智美接著又問店長是否認得山下夫妻的臉。

「先生當然認得，但是太太的話，我還沒見過呢。妳問這個做什麼？」

「沒什麼。」

智美說完這句話，急忙低頭抄下各聯絡方式。

「妳等等要打電話給山下先生嗎？」

店長等智美抄完後問道。

「是啊，怎麼了嗎？」

「那妳能不能順便幫我問問哪一天方便去換鎖？」

「換鎖嗎？沒問題。」

既然受到了幫忙，智美也答應得相當大方。

智美找到一座公共電話，馬上撥打了昌章公司的電話號碼。幸好這次是本人接了電話。智美報上自己的名字，對方立即知道自己是典子的朋友。智美心想，果然寄那封信的典子就是自己認識的典子。

智美接著告知自己已來到金澤，對方卻只是愣愣地應了一聲。

「我想見典子，但她好像不在家，我到租屋公司詢問，才問到了這支電話。」

「原來如此……典子從今天跟朋友出門旅行三天兩夜。眞是太不巧了，如果她知道妳要來，就能想辦法跟妳見上一面。」

「但我到昨天爲止，幾乎每天都打電話，卻一直沒人接。」

「啊……是嗎？她有時會回娘家，而且沒事常往外跑，可能是時間不湊巧吧。」

智美一聽就知道對方在說謊。對方的說謊技巧實在不怎麼高明。

「請問有沒有什麼辦法聯絡上典子？」

「這個嘛……我也不知道她今晚會住在哪裡。」

「那請告訴我跟她一起旅行的那位朋友的姓名跟地址。」

「這我也不清楚。抱歉……現在是工作時間，我不能聊太久。等典子回來，我會叫她跟妳聯絡，好嗎？」

智美很想說「不好」，但依對方此時的態度，不管問什麼大概都會受到敷衍，智美只好說道：

「好吧，請代我向典子問好。」

說完這句話後，智美掛斷了電話。

「眞是的，到底在搞什麼鬼。」

智美在電話亭裡一面咕噥，一面打電話至典子的娘家。接電話的是典子的母親。就跟昌章一樣，她也認得智美。智美首先禮貌地爲典子的新婚道了喜。

「謝謝，他們連婚禮也沒辦，眞是對親友太失禮了。」

「請別這麼說……對了，請問典子在府上嗎？我到金澤來找典子，但她不在家。」

典子的母親忽然顯得有些不知所措，好一會沒開口說話，這讓智美的心裡有了不好的預感。

「典子她……可能是旅行去了，我記得她好像跟我提過。」

「旅行？請問她去了哪裡？」

「這我也沒聽說。眞是抱歉，妳特地來訪，卻讓妳撲了個空。」

「沒關係，我只是剛好來金澤處理公務，順道來看看她。」

走出電話亭後，智美雙手盤胸，俯瞰著犀川。

——典子，妳到底跑到哪裡去了？妳要去哪裡是妳的自由，但別留一個難題給我啊！

所謂的難題，指的當然是那張照片的事。

由於繼續在這裡呆站下去也不是辦法，智美決定邊走邊想這個問題。這一帶的地名叫寺町，正如其名，是個有著許多寺院的地區。智美對寺院並沒有太大興趣，因此走進了一家禮品店。店裡陳列了不少九谷燒的碗跟花瓶，但一看價格，並沒有特別便宜。

除此之外，店裡還有忍者人偶、忍者掏耳棒、忍者搔背爬等商品。不知道為什麼，全跟忍者有關。智美詢問顧店的中年婦人，對方回答那是因爲附近有一座俗稱忍者寺的寺院。

「那寺院裡不僅有暗門，而且還有迷宮，相當有意思，請一定要去體驗一下。」

婦人熱心地推薦，但智美一來沒那個心情，二來獨自前往也有些難爲情。

在附近咖啡廳簡單吃了午餐後，智美先到車站拿了行李，接著便回飯店休息。時間才下午四點，智美已整個人癱倒在單人床上。今天走了一整天的路，兩條腿痠疼不已。

——既然來了，明天先去兼六園，然後到那個石川什麼文學館的參觀一下，再去看看傳統武士宅邸，買個當地特產再回去吧。

智美實在不知道自己這趟金澤之行到底有何意義。明明是因爲擔心典子才來，卻見不到本人。本來還以爲典子可能出了什麼事，但她的家人都說她只是出門旅行去了。

——會不會她眞的旅行去了？會不會根本沒有人說謊？會不會那張照片只是放錯了而已……？

但智美旋即告訴自己絕對不可能。出門旅行卻沒有把目的地告訴任何人，這怎麼想都不合理。而且到底要多麼粗心，才會寄成別人的照片？更何況住在公寓隔壁的男人看了照片，竟然一口咬定山下夫妻就是那兩個人。

「我都被搞糊塗了。」

智美搔著頭說道。

這天晚上，智美打電話回自己家裡，聆聽答錄機裡的留言。只要出門旅行，智美每天必定會做這件事。

第一則留言是工作上的事，第二則留言是推銷信用卡。

「我要那麼多張信用卡做什麼？」

智美一邊咕噥，一邊等著下一則留言。就在下一瞬間，智美聽見了這麼一段話。

「嗨，我是典子。我現在人在東京，但妳好像不在家。沒能見到妳眞是可惜，下次有機會再來聚聚吧。」

4

智美到處打電話，終於從曜子口中打聽到了消息。典子今天白天與曜子見了一面。曜子也是從前短期大學的同學，如今已結了婚，成功當上了家庭主婦。

「今天我接到她的電話，跟她在澀谷見了面。她來找我也不是有什麼特別的理由，只是剛好來東京辦點事情，結束後來找我打發時間。」

「妳們聊了些什麼？」

「都是些閒話，但聊得很開心。」

「她有沒有提到關於老公的事？」

「老公？妳是說我老公嗎？」

「典子的老公。」

「咦——？」曜子發出了有如鳥叫聲般的高亢聲音，「她不是單身嗎？」

「咦——？」這次輪到智美尖叫了，「妳跟她聊了那麼久，不知道她結婚了？」

「她完全沒跟我說呀。而且在妳跟她面前，結婚可是禁忌話題，我哪敢隨便提及。」

智美感覺心頭燃起一把火，但她壓抑了下來。

「典子有沒有跟妳說，接下來她會去哪裡？」

「她什麼也沒說，只說連今晚要睡哪裡都不知道。」

「今晚要睡哪裡都不知道？」

智美一聽，頓時恍然大悟。典子打電話給自己，多半是希望能在自己的房間住一晚。

「曜子，有件事想請妳幫忙。」

「幹什麼？」

曜子登時起了戒心。

「我想請妳幫我把典子找出來。她應該還在東京，而且很可能住在某個朋友的家裡，妳能不能幫我一一打電話問問看？」

「為什麼要這麼做？」

「妳先別多問，總之我現在立刻要聯絡上她。妳先幫我這個忙，以後我再跟妳解釋。」

「那妳怎麼不自己打電話？」

「我就是沒辦法自己打，才請妳幫忙。我現在人在金澤，聯絡起來不方便。曜子，拜託妳了。」

「……噢，妳人在金澤？」

曜子似乎已察覺事態非比尋常，沉默了片刻後說道：

「事後妳一定要跟我解釋原因。」

「一定、一定。」

曜子嘆了口氣，說道：

「眞拿妳沒轍。好吧，把妳那邊的電話號碼告訴我。如果找到典子，我叫她直接打電話給妳。」

「抱歉給妳添麻煩。」

智美說了飯店的電話號碼後，接著又問：

「對了，典子的臉有沒有什麼不一樣？」

「典子的臉？唔，好像瘦了一些。爲什麼這麼問？」

「沒什麼，不是什麼大事。總之那就麻煩妳了。」

智美放下話筒後，心裡多少鬆了口氣。

或許眞的什麼事都沒有，典子只是爲了散心而到東京遊玩。如此一來，昌章跟典子的母親都沒有說謊。倘若事情能這麼平安落幕，那是再好也不過了。

但智美的心裡還是牽掛著兩件事。第一，那張照片是怎麼回事？第二，典子爲什麼沒有把已經結婚的事情告訴曜子？照理來說那應該是兩人這時最大的話題才對。典子顯然是故意不提這件事，但理由是什麼？

——總之現在只能等典子的電話了。

智美忍不住對著飯店房間裡的電話機雙手合十膜拜。

這天晚上，電話鈴聲一次都沒有響起。

到了隔天的清晨，電話才突然鈴聲大作。智美昨夜很晚才入睡，這時還躺在床上。

「喂？」

「智美嗎？我是典子。」

「典子！」智美從床上跳了起來，「我找妳找得好辛苦。」

「我聽說了，沒能遇上眞是不湊巧。」

「典子，我有一句話想問妳。或許沒什麼大不了，但我就是放心不下……是關於妳結婚的事。」

「結婚？」典子的語氣突然變得消沉，「智美，妳怎麼會知道我結婚了？」

「咦？妳不是寄給我一封信嗎？」

「信？」典子愣了一下，「我沒寄啊。」

「咦……」

兩人同時陷入沉默。智美感覺握著話筒的掌心滲出了汗水。

5

十一點五分，典子終於出現了。智美起身揮手，典子也立即發現了智美。

兩人約好十一點在飯店一樓的咖啡廳見面。原本典子就打算今天回金澤，剛剛那通電話是在羽田機場打的。

「好久不見了，最近好嗎？」

「還不是老樣子，在小出版社裡做些無足輕重的工作。」

兩人把閒聊當成寒暄，好一會之後典子才切入正題。

「對了，到底是怎麼回事？」

「我正要問妳呢。」

智美取出信跟照片放在桌上。典子看得目瞪口呆。

「這兩樣東西怎麼會在妳手上？」典子問。

「妳寄來的。」

智美接著說明這封信如何讓自己一頭霧水，更強調自己因爲擔心典子而四處奔波。

但典子搖頭說道：

「信是我寫的沒錯，但我根本沒寄給妳。」

「咦？什麼意思？」

「我本來要寄，後來沒寄。」

「那會是誰寄的？」

「大概是我老公吧。」

典子將頭歪向一邊，聳了聳肩，表情相當冷淡。

「等等，如果是妳老公寄的，他也太粗線條了，竟然放了一張完全不相關的照片。」

「我也不知道。我根本猜不透那個人在想什麼。」

典子說到這裡，竟咬起了嘴唇，一對大眼睛變得濕潤且泛紅。

「典子……妳是不是遇上了什麼事？」

典子拿起照片說道：

「這照片裡的男人就是我老公，至於這女人則是他的前女友。不，應該說是現任女友。」

「……什麼意思？」

「這女人拿著這張照片跑來找我。」

根據典子的描述，那是上星期五發生的事。當時典子一邊聽著傍晚突然下起驟雨的雨聲，一邊寫著打算寄給智美的信。就在簽完信封上的署名時，那女人突然登門拜訪。她聲稱自己叫堀內秋代，因學生時期受了昌章的照顧，今天剛好來到這附近，所以來打聲招呼。典子雖有些詫異，

還是開門讓她進屋裡。秋代剛開始只是說些客套話，但一會之後突然拿出照片，放在典子面前。

「她說昌章原本要跟她結婚，但因爲如果不答應跟我的婚事，昌章在公司會難做人。最後昌章逼不得已，才跟她分手，跟我結了婚。接著她還拿出一枚金戒指，說是昌章送給她的禮物。」

典子瞪著眼說道。

「爲什麼妳老公不跟妳結婚，在公司就會難做人？」

「大概是因爲我爸爸在公司裡是會計部長吧。但這太荒唐了，如果是社長，或許還有些道理，區區會計部長根本沒那種影響力。何況當初可是昌章自己主動向我求婚。」

「妳這麼跟她說了？」

「說了，但她不相信。」

根據典子的描述，秋代再三強調絕不可能。她接著又說昌章直到現在依然愛著自己，心裡根本沒有妳。典子一氣之下，便想將秋代趕出去，剛好就在這時電話響起，正是昌章打電話回來。昌章在電話裡說外頭下起大雨，希望典子拿雨傘到車站接他。所謂的車站，指的是北陸鐵道的野町站，距離公寓有一．五公里遠。

「所以我叫那女人在屋裡等著，獨自去接昌章，想要讓他們當面對質。昌章聽到那女人來到了家裡，嚇得臉都綠了。」

智美原本想說一句眞是窩囊的男人，但強忍了下來，只委婉地說道：

「看來妳老公相當老實，不擅長說謊……後來怎麼了？」

「我帶著昌章回到家裡一看，那女人已經不見了。」

「不見了？」

「回去了吧。」

「噢……」

智美沒料到會是這種結果，有些鬆了口氣。

「但我還是氣不過，再三逼問昌章，要他說出他跟那女人是什麼關係。他剛開始吞吞吐吐，不肯說實話，後來才坦承結婚前曾經跟那女人交往過。」

「但後來分手了吧？」

「他是這麼說的。但我繼續逼問，才發現他們沒有斷得很乾淨，現在還是常常見面。」

「哇，眞不要臉。」

「妳也這麼覺得吧？」典子挺直了腰桿，兩手握拳，舉在胸前不住顫抖，「我不想再見到他，決定離家出走。星期五的晚上，我就回娘家住了。」

「原來如此，難怪我打妳家電話都沒人接。啊，但妳老公不是在家嗎？」

「他每天都加班到很晚，沒過十二點是不會回家的。」

「噢，原來如此。」

智美仔細一想，典子的信裡確實曾提到昌章工作相當認眞。

「但發生這件事後，我開始懷疑他每天根本不是在公司加班，而是跑去跟那女人幽會了。」

智美心裡想著「不無可能」，但沒有說出口。

「後來妳是什麼時候跑到了東京？」智美問。

「這個星期四。一方面想轉換心情，另一方面想在東京找工作。我已經把原本的工作辭掉了，如果跟昌章離婚的話，我打算搬到東京住，不想再待在金澤。」

「這個主意不錯，我們又可以兩個人到處玩了。成果如何？找到好工作了嗎？」

「實在很難找到符合條件的工作。畢竟現實是殘酷的。我原本還打算詢問妳的意見呢。」

「沒問題，我一定幫忙到底。不過在那之前，我們得先解開這個疑問。」智美以手指在信與照片上敲了敲，說道：「如果這些東西眞的是妳老公寄的，我們得問問他爲什麼要幹這種事。」

「是啊……」典子將手放在臉頰上，猶豫了一會，突然伸掌在桌上一拍，「智美，妳現在能不能跟我回家？我想趁這個機會跟他把話說清楚。」

「我當然奉陪。」

智美用力點頭。既可以幫助朋友，又可以看好戲。

6

「但還有一點讓我想不透，那就是隔壁鄰居說的話。」

兩人走向典子所住公寓的路上，智美回想起了昨天發生的事。爲什麼住在隔壁的男人看了那張照片，會說那就是山下夫妻？典子聽了也納悶不已，說道：

「這可眞古怪。搬進公寓時跟鄰居打招呼，是昌章一個人去的，我還沒有見過鄰居呢。」

「噢……？」

智美心想，隔壁的男人可能只是隨口胡說吧。

來到了公寓外頭，典子的表情變得極爲僵硬，步伐也越來越慢。剛剛她已打過電話，告知昌章自己現在就要回家。

「我們上去吧。」智美催促道。

「嗯……」典子低聲應了，舉步登上公寓樓梯。

典子沒有使用鑰匙，按了對講機上的門鈴鈕。昌章打開門，露出有些尷尬的笑容，說道：

「直接進來就好，何必按門鈴？」

典子面無表情地走進屋裡。智美說了一聲「打擾了。」也跟著走進去。

一進門便看到廚房，後頭有兩間房間，每一間都大約是六張榻榻米大，可說是標準的兩房兩

廳格局。房間都整理得很乾淨，但到處裝飾著蝴蝶標本，看上去有些可怕。三人走進了擺著矮桌的房間，典子與智美並肩而坐，昌章則坐在兩人的對面。

「要不要喝點什麼……」

或許因爲智美是客人的關係，昌章覺得不能太失禮。但他望向典子，典子只是低頭不語。

「不必麻煩了……」智美尷尬地說道。

「是嗎……」昌章臉上帶著彆扭的微笑，整個場面的氣氛簡直像守靈夜一樣沉重。

爲了找到話題的切入點，智美掏出了那封信，問道：

「我收到了這個，請問是你寄的嗎？」

昌章看了一眼，輕輕搖頭說道：

「不是。」

「不是你寄的，那會是誰寄的？」典子這時才開口質問。

昌章聽了也有些不高興，說道：

「這是什麼信？我爲什麼要寄這封信？」

「信裡頭放了這張照片。」

智美取出照片，放在昌章的面前。昌章吃了一驚，智美接著又說明了到目前爲止的來龍去脈。昌章聽完後再度搖頭說道：

「這不是我做的，我也不曉得怎麼會發生這種事。」

「我知道了，是那女人幹的！她故意找我們麻煩！」

典子歇斯底里地大喊。

「她不會做這種事。」

昌章說道，但這句話更加激怒了典子。

「智美，妳聽到了吧？他果然還喜歡著那女人，才會爲她說話。」

「妳在胡說什麼，絕對沒那回事。」

「但你現在還是經常跟她見面，不是嗎？」

典子已泫然欲泣，智美代替她問道。昌章無奈地皺眉說道：

「除了跟我分手的事情之外，她還有一些工作上及家庭上的煩惱，令她陷入了精神耗弱的狀態。不久前她才企圖自殺，幸好撿回一條命，因此當她在電話裡跟我說，不跟她見面她就要死給我看時，我除了答應之外沒有其它辦法。但我們眞的只是見個面而已。她只要跟我坐下來喝杯茶，跟我訴訴苦，精神好像就會安定不少。」

「你騙人，我才不相信。」

「我說的都是眞話，妳不信就算了。」

昌章拋出這句話，雙手交叉在胸前，轉頭不再理會典子。典子依然抽抽噎噎地哭個不停。

智美心想，這樣下去可不太妙。雖然自己並不在乎典子離不離婚，但若在這種情況下離婚，雙方心裡都會留下陰影。

「總之……我們先問問那位小姐，這封信是不是她寄的，如何？既然不是典子也不是昌章先生，除了她之外不可能會是其他人。」

昌章板起臉沉吟了好一會，最後似乎是認為智美的建議頗有道理，一面點頭一面起身說道：

「就這麼辦吧。不查個清楚，我心裡也不舒服。」

昌章走到廚房打電話，智美掏出手帕爲典子擦掉眼淚。典子一邊哽咽一邊說道：

「他太過分了，對吧？」

「嗯……」智美不知該如何回答，只能胡亂敷衍了一聲，接著鼓勵道：

「如果妳確定要搬來東京，我可以幫妳介紹工作。」

「那就拜託妳了。月薪要二十萬以上，而且要週休二日。」

典子一邊哭一邊說。

昌章講電話的時間比預期還要長。智美豎起耳朵偷聽，發現對話內容有些不太對勁。

「對……沒錯……她是星期五傍晚來到我家……不，我沒見到她，是我老婆……對……現在嗎？呃，沒問題，我這邊的地址是……」

掛斷電話後，昌章沒等智美發問，主動開口說：

「她失蹤了，從上星期五就沒有回到住處。」

7

登門拜訪的刑警年約四十出頭，有張圓餅臉及一副圓滾滾的身材，褲頭的皮帶全被肚子的肥厚贅肉蓋住了。

昌章打電話到堀內秋代的家裡時，這個橋本刑警剛好也在堀內家，因此代爲說明了案情。原來警方接獲秋代雙親的報案，雙親指稱女兒下落不明，橋本刑警於是奉命來到堀內家調查秋代的房間。由於秋代平日一個人住在外頭，因此雙親也不清楚她到底從何時開始失蹤。但自從上星期五秋代自公司下班後，就再也沒有人見到她。

「到目前爲止，山下太太是最後一位見到堀內秋代小姐的人。」

刑警聽完典子的解釋後，意有所指地說了這句話。一旁的智美不禁想頂撞一句「那又怎麼樣？」但最後還是沒有說出口。

接著刑警又肆無忌憚地問了不少問題，絕大部分都涉及隱私，但典子跟昌章臉上都沒有流露出絲毫不高興的表情。

就連智美也成了刑警發問的對象。問題大多圍繞著智美收到的那封信。

「能不能讓我看看那封信跟照片？」刑警問道。

智美遞了過去，刑警先戴了手套才接下。
「能不能借我一陣子？當然我一定會歸還。」
智美冷冷地回答「請便」，心裡暗罵一句「廢話，本來就一定要還。」
刑警接著又說想要採集三人指紋。他強調這只是爲了保險起見，不再需要後就會將指紋檔案廢棄或歸還原主。
三人無奈地答應了。刑警於是打電話回警署，不久後便有鑑識課人員來到家裡採集三人的指紋。
「那個刑警在懷疑我。」典子在刑警離去後說：「他懷疑是我對那女人下了毒手，所以才問了那麼多問題。」
「妳別胡思亂想，問清楚詳情是警察的分內工作。」
「但他還採了指紋。」
「那也只是辦案上的正常程序。我猜警察研判的失蹤原因應該是……」昌章頓了一下，接著說道：「自殺。」
智美也認爲這確實是最有可能的答案。典子心中多半也有相同想法，因此三人同時沉默不語。
「總之我先告辭了。」

智美一邊說一邊站起。典子跟著起身說道：

「等等，我跟妳一起走。」

「但是……典子……」

「沒關係。」

典子拉著智美的手走向門口。智美轉頭望向昌章，他只是皺著眉頭凝視桌面。

「智美小姐。」

昌章在兩人穿好鞋子時突然說：

「能不能請妳留下聯絡方式？要是警察問起，我才好回答。」

智美朝典子瞥了一眼，應了聲「好。」

這天晚上，智美與典子在商務旅館訂了一間雙人房，便結伴到近江町市場附近的小酒館喝酒。這家小酒館接受客人從市場買魚帶進店裡，由廚師代爲調理。

「妳覺得我適合什麼樣的工作？最好能跑來跑去，別一直坐在辦公桌前。」

典子一邊吃著網烤套餐的干貝一邊問道。她的酒量並不好，兩杯啤酒下肚已開始眼神呆滯。

「這個嘛……」

智美握著酒杯低頭沉吟。她並沒有回答這個問題，想了一會後說道：

「典子，我想昌章先生並沒有說謊。」

典子一聽，立即噘起了嘴，說道：

「妳怎麼知道？」

「聽說那個叫秋代的女人是眞的罹患了精神耗弱症，不是嗎？前女友淪落到這個下場，任何男人都會感到關心，見面聊一聊也很正常。」

「妳的意思是說，只要前女友精神耗弱，就可以跟她約會？」

典子瞪眼說道。

「我不是這意思。」

「我氣的是他有事瞞著我。他從沒說有前女友，更沒說經常跟前女友見面。我討厭他這麼不老實。」

典子說到這裡，終於趴倒在吧檯上。智美心裡暗叫不妙。太久沒見到典子，竟忘了她這個人只要一喝酒就會哭。廚師及其他客人都看著典子嗤嗤竊笑。智美嘆了口氣，夾起烤焦的甜蝦咬了一口。

智美扶著東倒西歪的典子回到旅館時，發現答錄機裡有一通橋本刑警的留言。刑警表示十點還會再打一次電話。智美一看時鐘，這時才剛過九點。於是智美將典子扔在床上，自己走進浴室沖澡。

走出浴室時，橋本刑警剛好來電。

「金澤的夜晚是否讓妳滿意？」

「還行。」

「那太好了。對了，我想請教一點，妳是否還記得那張照片給誰看過？」

「記得。」

智美一一說了出來。

「原來如此，我明白了。打擾妳們休息了，晚安。」

刑警說完便擅自掛斷了電話。智美瞪著話筒，噘起嘴咕噥了一句。典子在旁邊發出鼾聲，睡得正香甜。

隔天早上，電話再度響起。智美發出毫無意義的聲音，拉起毛毯蓋住了頭。最後是典子接了電話。

典子只說了兩、三句話便掛斷了電話。一放下話筒，她立即扯掉智美身上的毛毯。

「妳幹什麼？」

「大新聞，智美！抓到凶手了！」

8

兩人帶著滿腹疑惑一同辦理退房，跳上了計程車。早上那通電話似乎是橋本刑警打來的。但

刑警只說凶手抓到了，卻沒說到底發生了什麼樣的案子，以及凶手幹了什麼事。兩人只能依著刑警的吩咐盡快趕回公寓。

來到公寓外一看，兩人才知道事情已經鬧大了。公寓旁停了好幾輛警車，兩人必須鑽過看熱鬧的人群才能靠近公寓。

「謝謝妳們特地趕來。」

有著圓餅臉的橋本刑警走上前來說道。

「警察先生，請問這到底是……」

智美正要發問，刑警伸手制止，說道：

「我現在就跟兩位解釋。是這樣的，櫻井已經坦承殺了一個女人。」

「櫻井……那是誰？」

「住在山下夫妻家隔壁的男人。」

「咦？是那個人？那被殺的女人是……」

「堀內秋代小姐。」

「咦——？」

智美聽得啞口無言，一旁的典子更是嚇傻了。

「詳情我們進屋裡談吧。」

刑警以拇指比了比樓上。

一進屋裡，便看見昌章坐在餐桌邊。一群身穿深藍色制服的男人正在後頭的兩間房間裡忙得不可開交。

「到底是怎麼回事？」典子問昌章。

「我們家好像就是殺害現場。」

「什麼？」

「兩位先坐下吧。」

在刑警的催促下，智美與典子各自坐了下來。刑警站著向三人說明案情原委。

這案子就發生在那個星期五。典子出門到車站接昌章的時候，住在隔壁的櫻井偷偷溜了進來。他聽見典子出門的聲音，以爲屋子裡一個人都沒有。

「他偷偷溜進我家做什麼？」

「這個嘛，似乎是爲了偷蝴蝶標本。櫻井也是個蝴蝶迷，他說你們剛搬來時，他看到了府上的蝴蝶標本，心裡想要得不得了。光是想到隔壁就有那些蝴蝶標本，他就興奮得睡不著覺。」

「都怪我的收藏品太珍貴了點。」

智美看出昌章雖然說得遺憾，其實表情有些得意。

「但他是怎麼進來的？我出門時明明上了鎖。」典子說道。

「他手上有備用鑰匙。據說是他到租屋公司繳房租時，發現了府上的備用鑰匙，所以他就趁店長不注意時，把鑰匙偷走了。」刑警回答。

「租屋公司曾經通知我，說備用鑰匙不見了，要找時間幫我換鎖。」昌章說道。

智美豁然想起當初租屋公司的店長確實曾說過類似的話。

「櫻井就這樣潛進了屋裡，正在物色牆上的標本時，突然有個女人從寢室走了出來，那就是堀內秋代小姐。櫻井嚇了一跳，擔心堀內小姐大吵大鬧，竟然掐住了她的脖子。越是膽小的男人，越有可能一時衝動做出這種傻事。」

刑警說得輕描淡寫，但對一般市井小民而言，這卻是平常生活中不可能遇到的異常狀況。智美感覺腋下滿是冷汗。

「堀內小姐一死，櫻井當然沒心思偷標本了。他滿腦子只想著兩件事，那就是如何處理屍體，以及如何製造自己的不在場證明。就在這時，他看見了那封信跟照片。」

當時信放在餐桌上，照片則放在矮桌上。櫻井確認了信的內容，將信與照片一起放進了口袋裡。他從未見過典子，因此誤以爲秋代就是典子。

「櫻井將屍體搬了出去，當天晚上就開車將屍體帶到犀川水壩附近掩埋。現在我們正在全力尋找屍體，相信再過不久就能找到。隔天他到朋友家玩，就在朋友家附近把信寄了出去。他天眞地以爲只要這麼做，死者的親友就會認爲死者那天還活著。」

「眞是太天眞了。如果眞的是典子失蹤，我星期五當天就報警了。」昌章說道。

「不過依照櫻井的供詞，那是因爲他誤以爲山下家的男主人很少回家。他說從來不曾聽過你回到家的聲音。」

「老公，還不是因爲你回家的時間總是三更半夜。」典子指責。

「原來如此。」昌章呢喃。

「以上就是這案子的全貌。雖然案情相當單純，但只要缺了一點線索，就很有可能變成一樁懸案。因此櫻井寄出那封信跟照片，可說是最大的失策。」

橋本刑警以這句話作爲結語，闔上了筆記本。

「請問……你們是怎麼查出櫻井涉有嫌疑的？」智美問道。

橋本點頭說道：

「我們蒐集了照片上的指紋，發現有些指紋並不屬於你們三位之中的任何一人。其中有一些是堀內秋代小姐的指紋，但剩下的指紋卻找不到主人。所以我昨晚才會問妳曾將照片拿給誰看過。聽了妳的回答後，我們昨晚從門把及車上採來櫻井的指紋，一加比對，果然與照片上的指紋吻合。除了照片之外，信紙上也有他的指紋。於是我們今天早上把櫻井找來問話，他一下子就招供了。」

「你是爲了這個才採集我們的指紋？」昌章問道。

刑警搔了搔頭，回答：

「我的直覺打從一開始就認為寄信的人就是對秋代小姐下毒手的人，總之還是非常感謝諸位的協助。對了，雖然櫻井說他什麼也沒拿走，但還是請檢查看看屋子裡是否少了什麼東西。」

「好。」

昌章站了起來，進房間裡檢查自己的蝴蝶標本。

「山下太太，也請妳確認一下貴重物品還在不在。」

「貴重物品啊……」典子意興闌珊地起身，「就只有一個珠寶盒而已。」

「哇，我想看。」

智美忍不住將雙手交握在胸前。

一個直立式的珠寶盒就放在寢室的化妝臺上。智美正想著「真沒警戒心」，典子似乎察覺了智美的想法，解釋道：

「裡頭沒什麼貴重的東西啦。」

但典子一打開盒蓋，忽然輕呼一聲。珠寶盒裡竟然夾著一張白紙。典子抽出那張白紙，突然間有樣東西滑落在地上。智美拾起來一瞧，是一枚金色的戒指。

「這就是那個秋代小姐當初帶來的戒指。」

典子一面說，一面翻開那張白紙。

上頭以口紅寫著「對不起 再見」等寥寥數字。

「看來她本來就打算在你們夫妻回來前離開。如果她能早點離開，就不會慘遭殺害了。」

智美說道，典子聽了也點頭同意。

這天傍晚，智美自金澤車站搭上了特快車「閃耀號」。到了長岡，還得轉搭上越新幹線。

「妳一定要再來玩，下次我請妳吃飯。」

典子站在窗外說道。一旁的昌章也跟著說道：

「在那之前，我們會找一間較大的屋子。」

他們不想住在死過人的屋子裡，打算明天就開始找新家。

「祝你們幸福。下次鬧離婚，記得再通知我。」

「不會了。」

典子有些不好意思地說道。

電車離站，站在月臺上的兩人從視野中消失，智美這時才不禁吁了一口長氣。

——眞是不得了的一趟金澤旅行，連觀光也沒時間。不過也罷，反正隨時都能來。

智美心中的唯一遺憾，是沒能去一趟兼六園。

哥斯大黎加的
冰雨

1

兩個頭戴猿猴面具的人突然跳了出來，嘴裡喊著不知所云的吼叫聲。那猿猴面具是橡皮材質，看起來像是兒童在萬聖節時戴在頭上的玩具。

當時我正跟雪子兩人走在茂密的熱帶雨林裡。遇到這突如其來的狀況，我嚇得連聲音也發不出來，只能愣愣地站著不動，眼睛睜得像貓頭鷹一樣大。雪子也沒有尖叫，只是全身僵硬地站在我身旁。

戴面具的兩人都長得虎背熊腰，卻也有高下之分。其中長得較壯的那一個，也就是從我這個方向看過去的右手邊那一個，朝我們踏出了一步。他身上的T恤因汗水和濕氣而黏在皮膚上，兩條粗大的手臂自袖口延伸而出，其中一隻手掌裡握著一塊黑色的物體。我花了數秒鐘的時間，才明白那是一把手槍。

他說話了，但他說的不是英語，再加上面具讓聲音變得模糊不清，我根本聽不懂。

我不管三七二十一地高舉雙手，接著轉頭望向雪子。我正想叫她也這麼做，才發現她早已擺好了姿勢。

我心裡想著「死定了」。我敢打賭，天底下任何人面臨這樣的狀況，心裡都是一樣的念頭。在這叢林之中，當然也不可能向路人求救。正因如此，這兩個人才會在這裡守株待兔吧。

遲了片刻，我才感覺到心臟跳動速度加快。由於事情發生得太突然，肉體的反應慢了半拍。接著我感覺到呼吸困難，全身冒出冷汗。

拿著手槍的男人不斷重複著同一個單字，聽起來像是「DOWN」。我心想他可能是叫我們蹲下，於是維持著雙手高舉的姿勢慢慢蹲了下來。男人一邊喊著「DOWN、DOWN」，一邊在我的背上猛推。

「他……他……他的意思好像是要我們趴下。」雪子以顫抖的聲音說道。

「我……我也這麼想……」

我放下原本掛在脖子上的照相機，在濕濡的草地上趴了下來。雪子也放下手裡的雙筒望遠鏡，跟我一樣趴在地上。

另一個男人走了過來。我抬頭一看，他手裡握著一把明晃晃的開山刀。他爲什麼要拿著開山刀？難道是要砍下我們的腦袋？如果只是想殺我們，用手槍不是輕鬆得多？等等，難道是因爲不想被聽見槍聲？過度的恐懼、激動與緊張，讓我的腦海不斷浮現可怕的想像。在這些想像裡，我們並沒有一絲一毫存活的機會。我已有所覺悟，我跟雪子都會在這裡慘遭毒手……

雖然已有所覺悟，但我心裡卻充滿了疑問。人家常說臨死前會看見人生回憶像走馬燈一樣歷歷在目，但我什麼也沒看到。我的腦海裡只充塞著一句話，那就是「爲什麼」。爲什麼會發生這種事？爲什麼會在這種地方？爲什麼、爲什麼、爲什麼？

手持開山刀的男人蹲在我身旁，伸手到我的獵裝褲口袋裡掏摸。我聽見了叮噹聲響，他多半是拿走了出租車的車鑰匙跟飯店的房間鑰匙。飯店鑰匙被拿了也不痛不癢，但車鑰匙被拿走可不太妙。車子的後車箱裡可是放著總價值高達上百萬圓的攝影器材。爲了蒐集那些器材，不知花了我多少心血。明明已死到臨頭，我心裡卻還想著有沒有可能央求他別拿走那些東西。當然我知道這都是癡心妄想。

男人接著又從我們的口袋中取走了護照、旅行支票、信用卡及錢包。最後他還不滿足，又從我的手腕拆下手表。當然我放在地上的照相機，他也沒有放過。那臺照相機是向朋友尼克借來的。我心裡暗想，這下子得賠償尼克了。當然前提是如果我沒死的話。

接著男人走向雪子，但他只摸了摸雪子的牛仔褲口袋，失望地說了一句「NO MONEY」，竟沒有取走雙筒望遠鏡。

該拿的東西都拿完了之後，兩名搶匪開始綑綁我跟雪子。我不禁鬆了口氣。既然要綑綁，表示他們並沒有殺害我們的意圖。

他們沒有使用繩索，而是以膠帶纏繞我們的雙手及雙腳，接著又拿出骯髒的毛巾綁住我們的嘴，令我們發不出聲音。他們心裡似乎也焦躁不安，我可以聽見急促的呼吸聲不斷自猿猴面具底下傳出。

綑綁完了之後，其中一個男人拍拍我的肩膀，「OK、OK。」

那意思應該是「放心，不會殺你們。」

接著兩人便快步奔跑離開，不一會，遠方傳來了車子發動引擎的聲音。看來他們打算利用我們開來的出租車逃走。

但在引擎聲遠去之前，其中一個男人又跑了回來。他似乎是想確認我們是否依然動彈不得。一看見我們依然在原地不動，他似乎放下了心，說了一聲「BYE」後再度轉身離開。接著我便聽見車子駛離的聲音，過了一會連車聲也聽不見了。

我轉頭望向雪子。她跟我一樣雙手被綁在身後，也正以一副可憐兮兮的表情看著我，眼神中訴說著「怎麼會發生這種事？」。此刻我臉上的表情，大概也跟她大同小異吧。但不管怎麼說，好歹我們保住了小命。

不知何時開始下起了綿綿細雨，冰冷的雨滴落在我的耳朵上。

現在該如何脫困呢？我試著用力扭動雙手及雙腳，本來以爲要掙脫束縛沒那麼容易，但沒想到我的雙腿很快就重獲自由。原來我腳上穿的是橡皮長靴，那兩個強盜竟是把膠帶綑綁在長靴上，因此只要脫下長靴，雙腿就能自由行走。由此可知那兩個強盜幹這檔事也是慌慌張張。此外還有另一點能證明他們的慌張，那就是他們並沒有拿走我的腰包。這天我的腰上扣著一個腰包，趴在地上時被肚子蓋住，他們竟然沒有發現。幸好這腰包裡還放了一些零錢。

我站了起來，想對雪子說「我去找人幫忙，妳在這裡等著。」但由於嘴上綁了毛巾，說出來

的話全變成了「嗚嗚嗚」。說完了這句話，我就這麼帶著手腕上的膠帶及嘴裡的毛巾拔腿奔跑。

這裡是布勞利奧卡里約國家公園（Braulio Carrillo National Park）內的叢林之中。公園入口位在一條名爲瓜庇亞斯（Guapiles）的高速公路旁。不過所謂的入口，其實只是森林剛好在那裡中斷，有一條能夠讓人通行的小徑而已，我們遇襲的地點距離入口只有約兩百公尺。

我呈雙手反綁的狀態走到大馬路上一看，我們的出租車果然被開走了。我只能站在路旁等待車輛通過。

等了一會，一輛箱型車迎面駛來。我以遭反綁的雙手面對那輛車子，不斷地原地上下跳，並且以表情示意我很需要幫助。

沒想到那輛車非但沒有減速，反而還像是看到瘟神一樣，繞了個大彎避開我後揚長而去。後來我又遇上了幾輛車，每一輛的反應都一樣。不僅沒有停車，而且還加速駛離。如果我當初是跳到馬路上攔車，這時恐怕已慘死輪下。

事後我才知道，原來這一帶有些強盜會假裝需要幫助，欺騙路過的車子停車，因此開車的人都不敢逗留。

我完全攔不到車，只好走回雪子的身邊。她還是一樣趴在地上，四肢不斷掙扎。原本封住嘴的毛巾偏移了位置，不再堵住嘴，而是堵住了鼻子，令她顯得相當痛苦。她那模樣突然令我覺得挺逗趣，我忍不住咬著嘴裡的毛巾呵呵大笑。

「笑什麼！快想想辦法！我早說不想來這種地方嘛！嗚嗚……嗚嗚……」雪子先是破口大罵，接著又哭了起來。

我跑到她的身旁，以反綁在背後的雙手扯下她身上的膠帶，她也扯下我身上的膠帶，兩人大概花了二十分鐘的時間，才終於重獲自由。不過由於手表也被搶了，二十分鐘只是心裡的估算而已。

「呼……眞是太慘了……」我坐在地上說道。膠帶綑綁的位置感覺又痠又麻。

「我還以爲會被殺。」

「我也是。」

「我不想再待在這個地方，我們快回去吧。」

「我明白妳的心情，但我們要怎麼從這裡回飯店？」

「攔一輛車子搭便車不就得了？」

「我試過了，沒一輛車子願意停下來。」

「咦？爲什麼？」

「我也不知道。」

我帶著雪子來到馬路上，再度試著求救。但還是一樣沒有車願意停下來。

「這些人眞是太無情了。」雪子哽咽著說道。

就在這時，來了一輛公車。那是一輛引擎前置式的老爺車，一邊行駛會一邊發出噗噗聲響及灰色濃煙，但好歹是一輛行駛固定路線的公車。

「攔下那輛公車！」

我跟雪子急忙揮手，那輛公車同樣沒有減速，我趕緊跑到馬路中央高舉雙手，公車才停了下來。

臉上膚色黝黑的司機將頭探出窗外，對著我們罵了一句不知什麼話。我立即奔上前去，重複說了好幾次「強盜」「救命」的西班牙語，雪子則在一旁表演哭泣。

不知是我的西班牙語奏效，還是雪子的演技奏效，最後司機讓我們上了車。公車內約有十名乘客，剛開始每個人都一臉驚恐地盯著我們看，直到司機跟他們作了一番解釋，他們才你一言我一語地說起話來。他們說的話我一句也聽不懂，但我看得出來他們是在對我表達同情之意。接著他們還把長椅的中央讓給我們坐。

「有沒有人會說英語？」我以英語問道，接著我又以西班牙語不斷重複「英語」這個單字。所有人都伸手指向一個看起來無精打采的老伯。那老伯懷抱著一個小籠子，畏畏縮縮地走到我們面前。

「老先生，你會說英語？」我以英語問道。

老伯點了點頭。

「請問這輛公車是開往聖荷西嗎？」

聖荷西（San José）是哥斯大黎加的首都，我們住的飯店就在那裡。

老伯再度點頭。

「太好了，看來我們得救了。」我以日語對雪子說道。

老伯將手伸進小籠子裡，取出看起來像糖果的食物，舉到我們面前，似乎在問我們要不要吃。我們一面搖頭一面回答：「NO, Thank You」。後來我看那老伯跟車上其他乘客的應對舉止，研判他應該是在公車上販賣糖果零食。或許因爲這個工作，他必須會說英語。

公車顛簸起伏地開在山路上，身旁的雪子呢喃了一句，「眞沒想到會遇上這種倒楣事。」我只是低著頭，什麼話也沒說。

2

距今約五年前，公司將我調派至加拿大的多倫多。我跟妻子雪子都開心得手舞足蹈，因爲我們早就希望能搬到海外生活。於是我們在多倫多的北約克地區租了一間房子。

希望住在外國的最大理由，是不願一輩子待在狹小的日本。但除此之外還有另一個理由，那就是我想到外國賞鳥。我從讀小學時就喜歡賞鳥，我有自信日本國內已沒有我不曾看過的野鳥。就連近年來才發現的新品種「沖繩秧雞」，我也已經親眼見識過了。就在我下定決心要轉攻外國野鳥時，我得到了轉調至海外的機會。而且調派的國家竟然是加拿大，更是讓我喜出望外。加拿大這個國家擁有大自然的寶庫，宛如是一本永遠翻閱不完的自然百科全書。

但是剛搬到加拿大的時候，我根本沒有心思賞鳥。英語會話能力不足，是我最大的瓶頸。我沒辦法與部下建立良好溝通，不斷發生小麻煩及小疏失，與客戶的聯繫也是一天到晚出問題。如果只是對方說笑話時沒有笑而引來反感，還算是小問題。有一次我在電話裡沒有察覺客戶已經生了氣，還不斷重複說一些不得體的話，導致客戶暴跳如雷，差一點取消訂單。那一次眞的讓我嚇到臉都綠了。從那次之後，有好一陣子我只要聽見電話鈴聲便心驚膽戰。因此如何跨越語言的障礙，是我初期的最大課題。

但是過了一年之後，一般生活對話已不再讓我感到困擾。過了兩年之後，就連專業的對話也已難不倒我。就算是聽見無聊的冷笑話，我也能露出禮貌性的笑容。不過我有個叫葛雷絲的助理，直到現在我還是經常摸不透她腦袋裡在想什麼。她這個人經常在發呆，說起話來相當冷淡，而且總像是少了根筋。所幸到目前爲止，她還沒出過什麼大紕漏。

「她有她自己的步調，如果強迫她改變，她一定會手忙腳亂。」某個相當熟悉葛雷絲的女同事對我這麼說，我只好睜隻眼閉隻眼。

除了葛雷絲之外，還有另一個人讓我直到現在依然感到棘手，那就是住在我家後頭的坦雅老奶奶。她的兒子原本經營一家雜貨店，後來因中國人在附近開了另一家店而關門大吉，所以坦雅老奶奶恨透了東方人。我費盡唇舌跟她解釋中國人跟日本人不同，她還是無法理解。偏偏她又知道日本對加拿大有著極龐大的貿易順差，因此只要我家庭院的草坪稍微長了一點，她就會特地來到我家，對我說：「你有時間賺錢，卻沒時間照顧你的草坪？你看看這附近，有誰家的庭院像你家這樣，亂得像野貓的背。」

除了這幾點之外，大致上我對海外的生活還算習慣。在加拿大要請假比較容易，因此我經常到加拿大各地旅行賞鳥。有時我甚至會前往歐洲，因爲對加拿大而言，歐洲並不是個遙遠的地方。

逍遙的日子就這麼過了五年。前幾天我收到日本總公司傳眞來的指示，要將我調回國內。我跟妻子都相當沮喪，於是說好在回國前要再旅行一次。

提議前往哥斯大黎加的人是我。這小小的國家號稱自然王國，我早就想去見識一下。我想親眼看一看那鳥喙長得像香蕉的大嘴鳥，以及那翅膀嬌小可愛但拍動速度快得嚇人的蜂鳥。

「那邊的治安沒問題嗎？」雪子問道。

「沒問題，聽說非常安全。」我拍胸脯保證。

「好，那我們就去哥斯大黎加吧。」

我們夫妻住在加拿大期間的最後一趟旅行，就這麼敲定爲這個中美小國。

我抱著雀躍的心情準備著這趟旅程。我跟雪子一起打了小兒麻痺、破傷風及黃熱病的預防

針，吃了傷寒預防藥，還帶了每星期要吃一次的瘧疾預防藥。就算有再多麻煩事，我只要想到能看見大嘴鳥及蜂鳥，就一點也不覺得麻煩。

就在昨天，我們搭了五個半小時的飛機，從多倫多飛到了聖荷西。我們在飯店住了一晚，今天早上立即到觀光櫃檯買了周邊地圖，確認了國家公園的位置，興高采烈地開著出租車從飯店出發。當時我們作夢也沒想到一個小時後會像這樣幾乎身無分文地坐在這輛老爺公車上。

3

我們在公車上坐了將近一小時，公車卻遲遲沒有抵達聖荷西。最後公車開進一座小鎮的空地，竟然停了下來。司機揮手示意要大家下車，我們只好跟著其他乘客下了車。來到車外一看，旁邊停著一輛一模一樣的公車。

「這裡是哪裡？」雪子問。

「我只知道這裡不是聖荷西。」

賣零食的老伯指著另一輛公車，對著我們連喊數聲「聖荷西」，意思好像是要我們改搭那一輛。

「我懂了。」我嘆口氣說道：「這裡是終點站，相反方向才會到聖荷西。」

「咦？你的意思是我們得搭那輛公車沿著原路回去？」

「應該是吧。」

「嗚嗚嗚……」雪子快哭出來了。

準備搭公車的乘客越來越多，賣零食的老伯口沫橫飛地向大家解釋我們的來歷。我不知道他是怎麼向大家說明的，但每個人都以充滿哀憐的眼神望著我們。

其中一名老人不知從何處找來兩個空的可樂瓶，走到附近的水龍頭裝了水，拿到我們面前。老人嘴裡頻頻喊著「阿瓜」，那是水的意思。我猜他可能是好意拿水給我們喝。

我一接下瓶子，霎時看傻了眼。瓶裡的水竟然是混濁的紅褐色，而且瓶底還有一團黑壓壓的沉澱物。當地人喝習慣了或許不會有事，像我們這種外來的遊客只要喝一口肯定會拉肚子。

「作作樣子，別眞的喝。」我一邊以日語對雪子這麼說，一邊將瓶口拿到嘴邊。老人自認為幫助了可憐的東方人，得意地連連點頭。

公車終於出發了。我靠著肢體語言向司機詢問現在的時間。我以爲他既然是公車司機，應該知道正確的時間。沒想到他的回答相當籠統，只說現在差不多四點半吧。

接著我們又坐了大約一個半小時的公車，才終於抵達聖荷西。我們下車的時候，賣零食的老伯又跟我們說了幾句我聽不懂的話。我一邊向他揮手致意，一邊心想這老伯肯定不會說英語。

我們本來打算搭計程車回飯店，卻一直攔不到計程車。太陽逐漸下山，路上的行人越來越少，在路旁賣食物的攤販也紛紛收起了攤子。我心裡正感不安，忽聽見背後傳來一陣呼喚聲。轉頭一看，後頭停了一輛車子。

我看見一名警察從車內探出頭來，才知道那是一輛警車。那警察以西班牙語向我問了一句話，我聽不懂那句話的意思，但猜測他可能是問我們是否遇上了什麼麻煩。

我趕緊把握這個機會，把我們的遭遇快速說了一遍。警察聽完我的話後，示意要我們上車。

「現在終於沒事了。」我跟雪子互看一眼，各自鬆了口氣。

沒想到事情的發展並沒有我們所想的那麼順利。我們本來以爲警察會直接帶我們回警局，但他卻開著車子在街上亂繞，每過一會就停在路旁向路人問話。他一直重複著這個動作，持續了將近一小時。

「請問……有什麼問題嗎……？」我自後座詢問，卻得不到他的回答。

又過了一會，那警察找上了一名身穿獵裝外套、年約四十歲左右的女性白人。兩人談了一會，那女人突然上了車，坐在我們的旁邊。那女人對我們露出笑容，以英語問道：「你們遇上了什麼事？」

上次聽見自己夫妻以外的人說英語，已不知是多久以前了。我把事情的原委全告訴了女人，她說了一句「那可眞不得了。」接著轉頭以西班牙語向警察說了幾句話。警察也回應了幾句話之後，發動了車子。

「他現在要帶你們回警局。」女人說道。

「爲什麼不直接回警局？我早就跟他說明過了。」

女人露出苦笑，說道：

「他不懂英語，但看得出你們遇上了麻煩，所以他先讓你們上車，再找會英語的人幫忙。」

「Ah……」我感覺自己的身體像洩了氣的皮球。

「你們身上完全沒錢嗎？」

「還有一點。」我打開腰包，取出放著少許加拿大幣的錢包。但錢包口似乎沒關，幾枚硬幣掉了下來。我慌忙撿拾硬幣，女人也在旁邊幫忙。

「你們來自加拿大？」她看著撿起來的硬幣問道。

「是啊。」

「我有很多朋友住在加拿大。」她一面說，一面將硬幣放進我的錢包裡。

晚上七點多，我們抵達了外觀看起來跟普通民宅幾乎沒兩樣的警局。從我們遇襲到現在，已過了將近五小時。我明白逮到強盜的機會已微乎其微，只能帶著半放棄的心情協助警察製作筆錄。負責向我們問話的是個年輕男人，若不是身上穿著警察制服，看起來只像是個在市場裡賣可可果的小販。製作筆錄的過程中，女性白人一直在旁邊幫忙翻譯。跟她聊過之後，我才得知她的職業是律師。她雖然長得不美，但在我眼裡就像女神一樣。

花了大約三十分鐘的時間，終於製作完筆錄，警察突然指著雪子，說了一句不知什麼話。正

確來說，是指著雪子掛在脖子上的雙筒望遠鏡。

「歹徒是否曾摸過那個望遠鏡？」女律師翻譯了警察的話。

「記不得了。」雪子回答。我自己也完全沒有印象。

「如果說歹徒摸過，警察會怎麼做？」我問女律師。

「警察會請你們交出望遠鏡，上頭可能有歹徒的指紋。」

「雖然不知道歹徒有沒有摸過，但既然是要查指紋，那就拿去吧。」我說。

女律師臉上的表情突然變得有些複雜。

「如果你要交出去，我不會阻止你，但我不建議你這麼做。」她說道。

「爲什麼？」

「因爲可能拿不回來。」

我吃了一驚，轉頭望向那名年輕警察。他正一臉殷切地看著雪子身上的望遠鏡。接著我將視線移回女律師的臉上，她的表情正訴說著「這是這裡的常識。」

「我想起來了，那些歹徒沒摸過望遠鏡。」我說道。

女律師點點頭，露出「這麼說就對了」的表情，轉頭把我的話翻譯給了警察聽。那警察什麼話也沒說。

製作完筆錄後，警察說要以警車送我們回飯店。女律師在警局門口向我們道別，臨走之際留下了電話號碼，跟我們說若再遇上麻煩可以打給她。

大約八點半左右，我們終於回到了飯店。我心裡只想立刻躺在床上好好睡一覺，但我們的房間鑰匙也被搶走了。原本神情冷漠的櫃檯人員看見我們滿身泥巴地跑向櫃檯，都驚訝得瞪大了眼睛。

這間飯店是日本企業，有幾名員工是日本人，其中一名日本人表示願意協助我們。

「眞是稀奇，我還是第一次聽到日本遊客遇上這種事。」那個自稱姓佐藤的員工說。

「是眞的。」雪子氣呼呼地回答。

「我知道是眞的。我不是懷疑你們說謊，只是覺得很稀奇。不過一般的觀光客也不會獨自跑到叢林裡就是了。」

「我以爲哥斯大黎加的治安很好。」我說。

「哥斯大黎加是好地方。」佐藤睜大著眼睛說：「整個中南美再也找不到治安這麼好的國家。我很希望能有更多日本人來這裡觀光。這次的事情眞的是特例，請不要誤以爲哥斯大黎加常發生這種事。」

佐藤說得有些激動，似乎很擔心我們回日本後到處宣揚這件事。

我向佐藤詢問了接下來的處理方式，順便請他幫我們換了房間。雖然歹徒不太可能跑來飯店，但他們手上有鑰匙，畢竟住起來不安心。

一進到房間裡，我立即脫光衣服，疲累不堪地倒在床上。雖然我很想先睡上一覺，但還有太多事情等著我處理。我讓雪子先進浴室沖澡，自己拿起了床頭櫃上的電話聽筒。我先打電話到信用卡公司，告知卡片遭搶。對方的回應是遭搶的卡片會立即失效，但要辦理新卡得過幾天再打電話提出申請。接著我又打電話到旅行支票的發行公司，同樣提出了掛失止付申請。

接著我百般無奈地打給了屬下葛雷絲。

「你好。」話筒中傳來了陰沉、憂鬱的聲音。

「是我。」

「噢，泰德。」

葛雷絲得知來電者是我，語氣非但沒有好轉，反而更加冷漠了。

我簡單扼要地說明了當前狀況。公司的抽屜裡有我的護照影本，我叫她明天一大早傳真過來給我。

「明天早上傳眞護照影本……OK。」她聽到我遭遇搶劫，竟然一點也不驚訝，態度只像是在處理一件例行公事。我心裡有些不安，不敢肯定她到底有沒有聽懂我的話。

打完這幾通電話，我放下話筒，突然覺得眼皮好沉重。雪子走出浴室，向我說了一句話，但我已無法理解她在說什麼。我心裡想著我也該去洗個澡讓身體清爽些，但我已無法抬起自己的眼皮。

4

隔天早上起床時，我看見雪子將我的腰包裡的東西全倒出來放在桌上，似乎是在數我們目前還剩下多少錢。

「還有多少？」我問。

「大概三百加幣。」

「太好了，應該撐得過去，等等到銀行換錢吧。」

「等等，這是什麼？」雪子遞給我一枚小小的金屬圓板。

「我不知道，妳在哪裡找到的？」

「混在硬幣裡頭。」

「噢……」我依稀記得好像曾看過這個東西，卻想不起來它是什麼。「好像是某種零件，但我不記得了。」

「過一陣子可能就想起來了。」雪子將金屬圓板也放進了錢包裡。

我們在飯店餐廳裡吃了最便宜的早餐後，便前往飯店內的觀光櫃檯。坐在櫃檯裡的年輕女服務員已知道我們發生了什麼事。

「我認識一個警察，他告訴了我這件事。你們眞是倒楣，這裡不是那麼可怕的地方。」

「大家都這麼說，但我實在無法相信。」我說道。女服務員的臉上露出了「我能體諒」的表情。

我取消了所有在哥斯大黎加的旅遊行程，走出觀光櫃檯。無緣見到大嘴鳥與蜂鳥實在有點可惜，但目前的當務之急是平安返家。

離開飯店之前，我先到大廳服務櫃檯索討傳眞文件，服務員竟回答沒有收到。我一聽，不禁嘖了一聲。

「葛雷絲那傢伙果然忘了。」

「現在該怎麼辦？」雪子問。

「沒辦法，總之先到日本領事館，就說護照影本晚點再補上。我眞是受不了那個胖妞，整天臉色蒼白，做事懶懶散散，從來不懂什麼叫體貼跟周到。」我一邊抱怨一邊走出飯店。

我們先到銀行換了錢，接著搭計程車到日本領事館。就跟昨天的警局一樣，領事館看起來幾乎跟一般民宅毫無不同。

一進領事館，立即便有負責人員走上前來關切。這個人有著臃腫的身材、圓滾滾的臉孔及突出的下唇，看起來像一隻加拿大灰噪鴉。

「兩位運氣不太好。」

我什麼話都還沒說，他已主動表達同情之意。我心想，他多半已接到警方的通知吧。

「我馬上幫兩位補辦護照。」他接著說。

「關於補辦護照的事……其實我還沒有收到被搶走的護照的影本……」我結結巴巴地說出實話。

他眨了眨眼，突然拿出一張紙，「不是這個嗎？」

我一看，那正是我跟雪子的護照影本。

「你怎麼會有我們的護照影本？」我吃驚地問。

「今天早上從你的公司直接傳過來的。對方還再三叮嚀要盡快幫兩位辦好。如果不是這份傳眞，我也不會知道兩位遇上了這種事。看來你擁有很優秀的部下，眞讓人羨慕。」

雪子忍俊不禁，轉頭看著我。

「是啊，我以她爲榮。她是位善體人意的小姐，平日幫了我很多忙。不僅辦事能力好，還是個身材苗條的大美女。」

「眞讓人羨慕。」他又重複了一次。

接著他希望我詳細說明案發經過，我一五一十說了，他聽完之後沉吟了一會，「這裡的竊案並不算少，但像兩位遇到的情況，我還是第一次聽到。」

「搶匪落網的機率很低嗎？」我向他確認。

「這我也說不準。」他手盤胸，「不過有一點讓我想不透……搶匪爲什麼要躲在那種地

方？」

「當然是爲了搶劫，不是嗎？」

「但在那種地方，要等多久才會有人經過？如果沒有人經過，難道他們就傻傻等著？」

「這麼說也有道理。」我與雪子面面相覷。

「就算搶匪非常有耐心，願意一直守在那裡，但他們怎麼知道你們只有兩個人？當他們拿手槍指著你們的時候，難道不怕你們的同伴突然出現？」

「這麼說來，你認爲搶匪是打從一開始就盯上我們夫妻倆了？」

「雖然不敢肯定，但這可能性不小……兩位是否曾遇上過有人一直盯著你們看？」

「完全沒印象。」

「是嗎……」領事館人員將頭歪向一邊。這時他的脖子幾乎全埋在身體裡，看起來更像灰噪鴉了。

「一想到我們可能老早就被人盯上，我就全身發毛。」

「問題是我們爲什麼會被盯上？」走出領事館後，雪子如此說道，我也深有同感。

「因爲我們是日本人吧。」

「他們認爲只要是日本人都很有錢？」

「嗯。」

「眞是的……」我不禁心想，日本政府應該多向外國澄清，日本人並非個個都很有錢。

爲了拍攝護照用的照片，我們依著領事館人員的指示走向照相館。途中我們經過了一間氣派的民宅，比日本領事館還大得多。鐵欄杆後頭有著寬廣的庭院，兩個戴著墨鏡的男人站在庭院裡，一副無事可做的神情。

「那兩個人應該是警衛吧。」我說。

「私人雇用的警衛？」

「應該吧。」

那座宅邸的窗戶也裝設了鐵欄杆。除了那座宅邸之外，還有好幾棟民宅也有著類似的鐵欄杆窗戶。而且每一扇窗戶上的鐵欄杆看起來都很新，似乎是最近才裝上的。不管是那些鐵欄杆也好，還是我們遇劫的事情也罷，似乎都證明了某種可怕的魔爪正滋擾著哥斯大黎加，令這和平小國的治安受到嚴重考驗。

照相館的外觀，就像是一間看不出來裡頭賣的是什麼的商店。店裡擺著幾臺機型老舊的照相機，但難以分辨那是商品還是裝飾品。

顧店的是個中年婦人，穿著看起來只像是胡亂纏一塊布在身上。值得慶幸的是她的英語雖不流利，但勉強可以溝通。照相也是由她負責，她操縱照相機的動作非常粗魯，我很懷疑她的拍照

技術，但除了交給她全權處理外別無它法。

輪到雪子拍照的時間裡，我隨手拿起店內的照相機把玩。難得來到了哥斯大黎加，卻連一張野鳥的照片也沒拍成，實在有些悲哀，但這時我根本沒有閒錢買照相機。

我抱著滿肚子割捨不下的心情看著照相機，驀然間，照相機上頭的某個部位吸引了我的目光。我愣了一下，急忙掏出錢包。

「怎麼了？」拍完照的雪子問道。

「我知道這是什麼了。」我取出了今天早上她發現的金屬圓板，「這是照相機的電池蓋。」

「啊……」她恍然大悟，「這麼說來，這是你向尼克借的那臺照相機的……」

「應該是吧。多半是突然掉了下來，我就把它跟零錢一起放進錢包裡了。」我嘴上雖這麼說，心裡卻不禁有些納悶。因爲我完全不記得自己曾經做過這件事。

這裡的照相館沒辦法隨拍隨拿，照片得等到明天才能領取，我們只好先行離開。

接著我們又去了汽車出租公司，確認出租車遭竊盜適用於保險理賠。這裡的店員聽到我們遇上強盜，感想也是「好稀奇」。這讓我有種錯覺，彷彿我跟雪子是哥斯大黎加第一起強盜案的受害者。

這天晚上，我在飯店裡打了通電話給人在加拿大的尼克。他一聽見我的聲音，劈頭便說：

「聽說你這趟旅行玩得很盡興。」

他多半已從葛雷絲口中得知我遇上了什麼事，幸災樂禍是他這個人的看家本領。

「託你的福。」我說道。

「玩得開心是再好不過的事，安還好嗎？」

「她很好。」我說道。同事向來習慣以安這個名字來稱呼雪子。「但我得向你道歉，你的照相機也被搶走了。」

「果然，早知道就不借你了。那可是一臺具有特殊意義的照相機，當年我的曾祖父就是用它拍下與湯姆叔叔（*1）的紀念合照。現在就算有錢也買不到，當然也沒有辦法估價。你想賠錢，我也不知道該跟你收多少錢。換句話說，那是一臺沒辦法賠償的照相機。既然沒辦法賠償，乾脆就忘了這件事吧。」

「那可不行，我會想辦法找到另一臺相機來賠給你。」

「不必想得那麼嚴重。那臺相機幾乎跟破銅爛鐵沒兩樣，只是我沒告訴你。快門有時會沒反應，電池蓋有時會掉下來。」

「我就知道。其實電池蓋還在我手上，你要不要拿回去？」

「求求你一定要還給我，老實跟你說，那臺相機最有價值的零件就是那個電池蓋了。」

*1 湯姆叔叔（Uncle Tom）是美國作家斯托夫人（Harriet Beecher Stowe，一八一一—一八九六）筆下的虛構人物。

「我會把它放在保險箱好好保管的。」我在大笑聲中掛掉了電話。

5

隔天沒什麼事可做，我們決定到附近的觀光地散心，於是又前往了觀光櫃檯。櫃檯裡依然是昨天那個年輕女服務員，她依然對我們投以無盡的同情目光。

由於身上的錢所剩不多，我們問她有沒有什麼便宜的觀光巴士行程，她向我們推薦了遊覽卡拉拉（Carara）保護區的迷你巴士之旅。我心想只要能觀光，不管去哪裡都好，於是便申請了。

「對了，昨天我看到了這個。」

觀光櫃檯裡的女服務員拿出了一份名爲《哥斯大黎加時報》（The Tico Times）的當地報紙。上頭以回憶錄的方式刊載了一則某英國賞鳥人士在三星期前遭到搶劫的經過。雖然遭搶的地點跟我們不同，但歹徒也是兩個頭戴猿猴面具的男人。

「我們遇上的可能也是同一批搶匪。他們成功了一次，便食髓知味了。」我告訴雪子。

「這麼說來，他們還可能繼續犯案？」

「大概吧。」

我問那女服務員能不能把這份報紙給我，她爽快地答應了。

這天中午過後，我跟雪子在飯店門口坐上迷你巴士，前往卡拉拉保護區。其他遊客身上都帶著照相機，唯獨我們只有一副雙筒望遠鏡。

「身上沒有相機的時候，一定會遇上珍奇的野鳥。」雪子在巴士上故意這麼調侃我。

坐在我隔壁的是個體格壯碩的男性白人，我看他將底片裝入照相機內的動作相當笨拙，顯然不習慣拍照。

「搶匪不知會怎麼處置照相機裡的底片……」我說道。

「那還用問，一定是扔掉吧。」

「我想也是。嘖，早知道就求他們至少把底片還我。」

「拿回底片做什麼？你不是什麼都還沒拍嗎？」

「不，在他們出現之前，我就發現了有點少見的野鳥，已經拍了兩、三張。」

「噢……拿不回來也沒辦法。」

雪子說了這句話後，轉頭看著窗外發了一會愣。過了半晌，她想起一件事，問道：

「你在拍那幾張照片的時候，不需要用到電池嗎？」

「電池？當然需要。調整光圈跟快門速度都要用到電池。」

「但是那時候電池蓋不是已經掉了嗎？那樣還能拍照？」

「咦……？」我整個人傻住了，一時合不攏嘴。

雪子說得沒錯，既然沒有電池蓋，電池當然也會掉出來。在那種情況下一旦想要拍照，馬上

會察覺照相機出了問題。既然沒有察覺，就表示當時電池跟電池蓋都還好端端地在照相機上。但若是如此，爲什麼在照相機被偷走之後，電池蓋會出現在我的錢包裡？

「啊！」我跟雪子不約而同地發出驚呼。下一秒我跳了起來，朝著巴士司機大喊：

「STOP！」

6

事情發生的四天後，我與雪子提著兩手滿滿的行李進入機場。在報到櫃檯辦完手續後，我在機場內左右張望，正想找個地方喝咖啡，忽然聽見背後傳來呼喚聲。轉頭一看，女律師凱西正朝我們走來。

「幸好你們還沒登機。」她笑著。

「妳來送我們？眞是太感謝了。」

「我不希望你們認爲哥斯大黎加是個糟糕的地方。」

「我不會這麼認爲。」我皺眉說：「這次只是我們運氣有點差。」

「下次等你們運氣好一點的時候，再來玩吧。」她對我眨了眨眼睛。

我們找到了咖啡站，在那裡喝著紙杯裝的咖啡。

「錢的問題都解決了嗎？」她問。

「都解決了。信用卡公司發給了我們一張限期一個月的臨時卡。旅行支票雖然已經遭到兌現，但經查證後發現簽名的筆跡不一樣，我們一毛錢也不必付。」

「那被搶走的東西呢？」

「我的攝影器材都保了險，應該能夠申請理賠。問題是我向朋友借的那臺照相機，得賠給朋友才行。」

「尼克的照相機，對吧？」她笑著說道：「多虧了那臺照相機，我們才能掌握破案的線索。」

「正因爲如此，我們更應該感謝尼克。」我說道。

爲什麼電池蓋會出現在錢包裡？在思考這個問題的時候，我想到了一件事，那就是當初坐在警車裡時，零錢曾經從錢包裡掉出來。電池蓋多半就是在那個時候被我當成零錢拾起，一起放進了錢包裡。

但這意味著早在我們上車之前，電池蓋就已經掉在警車裡了。難道那個電池蓋不是尼克那臺照相機的電池蓋？難道有另一個人跟我一樣，持有一臺電池蓋容易脫落的照相機，並且把電池蓋遺落在警車裡？不管怎麼想，這可能性實在太小。畢竟電池蓋這種東西，可不是一天到晚會從照相機上掉下來。

接著我又想到了一件事。我們當初會搭上那輛警車，嚴格說來並非巧合。當時我們正在找計

程車，是那個警察主動叫住了我們。

於是我打電話給律師凱西，把這件事告訴了她。她聽懂了我的言下之意，立即通知了警察。

這中間的調查過程我並不清楚，只知道警方檢查了那輛警車，找到了一枚照相機用的鈕扣電池。當時開車的警察遭受訊問，馬上就認罪了。

根據這名警察的供詞，他是在酒館裡認識了犯案的兩名歹徒。因爲賭博的關係，這名警察欠了那兩人一大筆錢。警察還不出錢，兩人於是慫恿他做一件工作。這工作很簡單，只要找到一組人數少的遊客，把其行蹤告知兩人就行了。

警察辯稱這時他並不知道兩人的目的是爲了搶劫遊客財物，但眞相如何不得而知。

這名警察跟一名飯店觀光櫃檯的女服務員頗有交情。這一天，兩人在聊天時，警察從女服務員口中得知有一對來自加拿大的日籍夫妻打算要前往布勞利奧卡里約國家公園。警察將這個消息告訴兩名歹徒，兩名歹徒於是洗劫了那對日籍夫妻，也就是我跟雪子。

後來兩名歹徒又來找那名警察，給他看了戰利品。照相機的電池及電池蓋多半就是在這時候掉在警車內。警察辯稱這時雖已得知兩人的目的是搶劫，但自己既然提供了消息，已經算是共犯，因此不敢聲張。然而這名警察一直對受害的日籍夫妻感到過意不去，所以開著警車在街上到處尋找這對日籍夫妻。

「妳認爲那個警察說的是眞話嗎？」我啜了一口咖啡後詢問凱西。

「多半是假的。」凱西回答：「當初他向歹徒說出你們的行蹤，目的大概就是爲了要分一杯羹。畢竟這不是歹徒第一次犯案，三星期前就發生過類似的案子。他故意讓你們上警車，我認爲有兩個動機。第一，他要確認你們掌握了多少關於歹徒的線索。第二，他想要拖延時間。那時候他不是載著你們在街上繞來繞去嗎？」

「沒錯。」

「但是到頭來，他這麼做反而害慘了自己。因爲你們在警車上撿到了原本應該被搶走的照相機零件。」

「還有一點。他最大的不幸，就是讓我們遇上了妳。」我說道。

凱西露出雪白的牙齒，笑著說道：「能聽你這麼說，我很開心。」

據說那兩名搶劫的主嫌目前下落不明，警方只查出他們將搶來的出租車棄置在機場的停車場。凱西認爲警察可能不會積極追捕這兩人，我心裡也有同感。

登機時間已近，我跟雪子一起站了起來。

「請你一定要再來一趟哥斯大黎加。」凱西說。

我嘴上回答「等我時來運轉的時候」，心裡則想著「打死我也不來了。」

就跟當初來的時候一樣，我們搭了五個半小時的飛機才回到加拿大。抵達多倫多的時候，我跟雪子都已疲累不堪。

我們搭乘計程車回到了自己的家，熟悉的街景終於映入眼簾。雖然我們已旅行過好幾次，但從不曾像這次一樣對眼前的街道如此懷念。

我們在公主大街（Princess Avenue）下了車。種植著草坪的庭院、紅磚建成的屋舍……沒錯，這裡就是我們的家。

走近大門一瞧，門上貼了一張白紙，上頭以簽字筆寫著這麼一句話：

"Welcome home Ted & Ann"

這麼醜的字，一看就知道出自坦雅老奶奶之手。或許是葛雷絲把我們的事告訴了她。看到這排字的瞬間，我感覺全身力氣盡失，忍不住蹲了下來。一旁的雪子則開始放聲大哭。

解說

楊勝博

怪人不怪，只是人性使然——東野圭吾與他的《怪人們》

（本文涉及《怪人們》小說情節，未讀正文者請慎入）

東野與怪人們的時間

東野圭吾《怪人們》這部短篇集，收錄七篇創作於一九九一至一九九三年間，刊載於《小說寶石》和《別冊小說寶石》雜誌的早期推理作品。當時尚未成爲暢銷作家的東野，一手創作本格推理作品，一手撰寫結合不同元素的推理小說。前者像是《假面山莊殺人事件》、《迴廊亭殺人事件》等本格推理故事，後者像是《宿命》、《變身》和《分身》這類涉及腦科學與生物複製科

技的推理小說。

除此之外，也有從人性幽暗之處發想的作品，像是短篇集《沒有凶手的殺人夜》和本書《怪人們》。書裡的這些「怪人」，有擅自住進別人家裡的女人、將人生失敗怪罪於他人的青年、生命中只有工作才重要的技師、懷疑妻子有所隱瞞的丈夫、活在友人陰影下的大學生、冒名寄出信件與照片的女人、與惡匪合作的外國警察等等。

以現在的角度來看，這些怪人我們可能早已見怪不怪。不過，正是靠著這些作品，在本格推理之外的多方嘗試，才讓他越來越接近現在的東野圭吾。看完《怪人們》的讀者，肯定也能發現，無論是《解憂雜貨店》的故事設定、《怪笑小說》的荒誕戲謔、《惡意》裡的人性黑暗，都能在這些短篇作品裡初見雛形。

《怪人們》裡的作品，推理難度並不複雜，多半藉由角色轉述的方式揭開眞相。因此，《怪人們》與其說重點放在推理橋段，不如說是在挖掘人性的幽微之處。以下讓我們順著小說原本的發表時間，談談這些和怪人有關的推理故事。

愛情與友情中的幽暗陰影

〈燈塔〉（《小說寶石》一九九一年三月號）裡男主角對於友人佑介的對抗意識，讓人想起《宿命》裡的勇作與晃彥關係，儘管〈燈塔〉的兩人並非對等的競爭關係，但故事結尾卻暗示了這樣的可能。差點性侵主角的燈塔管理員，也成了主角絕佳的復仇道具，和黑暗與光明並存的燈塔意象有所連結。小說裡的那句「燈塔底下是最暗的地方」，不但是指燈塔裡管理員的私慾，也是佑介在自大背後的自卑心態，更是主角內心的黑暗波瀾，和佑介可能的報復行動。除此之外，事件的眞相與其中的惡意，更讓人想起東野圭吾的傑作《惡意》，因爲比起奪走他人性命更殘酷的，是奪走對方引以爲傲的事物。

〈失去的甜蜜〉（《別冊小說寶石》一九九一年秋季號）是一則關於誤會的故事。一對新婚夫妻前往夏威夷度假，而丈夫懷疑妻子殺死了他和前妻的女兒，妻子則是不忍心告訴他意外的眞相，從而導致了兩個人彼此之間的誤會，和一場可能成眞的謀殺案。丈夫犯下的錯和對女兒的愛，成了他對妻子的懷疑與憤怒。對丈夫的愛和對隱匿的眞相，成了她對丈夫的虧欠。故事中出現的老夫妻，也成了婚姻關係的精巧對位與救贖的可能。

如果說〈再判一次吧〉談的是角色性格鑄成的人生悲劇，那麼〈失去的甜蜜〉則是找回再次信任彼此的勇氣。或者說，再次相信愛情的可能。

〈結婚報告〉（《別冊小說寶石》一九九一年初冬特別號）裡，智美收到好友典子告知結婚的來信，卻發現照片上的人不是她認識的典子，懷疑有人冒名頂替而展開調查。本作結合〈失去的甜蜜〉裡夫妻之間的懷疑，〈燈塔〉裡對友人的競爭意識，讓智美因此解開一起不幸發生的意外命案。從友情、愛情到聚少離多的婚姻，人的情感羈絆總是受到時間和距離的影響。然而，有時貼得太近反而看不清眞相，離得稍遠反而看得更加眞切。因此，只有久未謀面的智美才能察覺到違和之處，在一對聚少離多的夫妻之間，看見他們所發覺不到的事件盲點。

性格與執念造成的人生悲劇

從〈失去的甜蜜〉到〈結婚報告〉，愛情裡的沉默隱忍或聚少離多，都讓潛藏在幽暗之處的懷疑萌芽茁壯，也讓隱沒在日常之中的惡意得以趁隙而入。不過，有時候因爲性格缺陷所造成的遺憾，可以說是一場命中註定的人生悲劇。

〈死人沒頭路〉（《小說寶石》一九九二年三月號）可說是對工作狂的刻意嘲諷。工作狂凡事都以工作爲優先，彷彿生命除了工作還是工作，全然沒有多餘的休閒娛樂，講好聽是認眞負責，講難聽就是全然不近人情。因此，當事件眞相揭開之後，非但不會讓人對死者有所同情，反而有種莫名的爽快感。之後的《怪笑小說》、《毒笑小說》，或是玩弄推理小說慣例的《名偵探的守則》，也延續了這條路線，展現東野的獨特幽默。

〈再判一次吧〉（《小說寶石》一九九二年六月號）很容易就讓人想起《解憂雜貨店》裡，三名入室行竊的青少年逃避警察追捕，躲進雜貨店的橋段，或是《信》裡行竊時失手殺死屋主入獄服刑的敘事者。不過，主角芹澤沒時間認清自身盲點，依然不斷將自身不幸，歸罪於當年在甲子園預賽中判他出局的裁判。直到事情無法挽回，才發現對裁判的恨意，不過是個開脫的藉口。他的性格缺陷，才是人生從「安全上壘」到「出局」的眞正原因，更因此錯過扭轉人生的關鍵時刻。

或許如此，在多年後的《解憂雜貨店》裡，東野才讓犯下同樣的青少年，有了重獲救贖的魔幻時刻。

怪人不怪，只是人性使然

從友情、愛情、執念到人格缺陷，怪人們之所以怪，其實都只是人性使然。即使面對的不是這些人生課題，這世間仍有許多苦難得去面對。

〈睡著的女人〉（《小說寶石》一九九三年三月號）的故事靈感，來自於電影《公寓春光》中，主角將公寓借給不同主管和女人幽會的情節。和原本的喜劇感濃厚的電影不同，東野圭吾藉由房間裡不該出現的神秘女人宮澤，展開了全然不同的故事走向。核心謎團也從和宮澤纏綿的男人是誰（Whodunit），到宮澤如何拿到房間的鑰匙（Howdunit），眞正的幕後黑手與犯案的動機（Whydunit），將古典推理小說辦案的三大重點，全都走了個遍。

除此之外，女性主義者多年來試圖平衡性別不平等的問題。然而，世間對於女性的輕視依然未曾減少，特別是九〇年代泡沫經濟時代的日本更是如此。這也提供另一個解讀〈睡著的女人〉的角度。在小說裡，東野也呈現了當時男性談論女人普遍性，女性卻利用被男性看輕的現狀，成爲犯罪行爲的幕後操盤手。遭人利用的片桐，卻依然認爲「只要跟女人有關，我可是萬事通」，

成了讀者和主角眼中的最大笑話。

〈哥斯大黎加的冰雨〉（《別冊小說寶石》一九九三年爽秋特別號）描述一對定居加拿大的日本夫妻，前往哥斯大黎加旅遊時遭人搶劫，並找出眞相的推理故事。這篇作品，改編自東野圭吾友人的親身經驗，或許也因爲如此，在故事背景幾乎都在日本境內的東野作品中，少數帶有異國風情的旅情推理小說。在〈失去的甜蜜〉和〈再判一次吧〉裡，都能看見心理盲點對人物情感帶來的傷害，這篇小說則是從更爲切身的搶劫事件，用容易被忽略的相機電池蓋，從物理盲點帶出最爲關鍵的案情突破口，這才發現原來熱心協助他們的警察，正是將自身行蹤告訴搶匪的共犯。遠因是他欠了搶匪大筆賭債，這才不得不答應幫忙。

因此，這些怪人非但不怪，而是無法克制內心慾念，導致他們墜入罪惡的網羅。當然也有像主角再次找回愛情的〈失去的甜蜜〉、彌補了友情裂縫的〈結婚報告〉、自異國歷劫歸來的〈哥斯大黎加的冰雨〉這樣的作品。但其他作品裡的主角，或是無法察覺自身盲點、缺乏彼此之間的溝通交流，或是內心對自由的渴望、試圖保護遭人輕視的自尊，或者是對於自身過錯的視而不見、將個人執念強加在他人之上，甚至是在疲勞狀態下因休息時間被破壞等不同原因，而做出錯誤的決定，不但導致了自身的悲劇，更是對他人造成難以彌補的傷害。

若是我們被放在同樣的環境，也許也會被迫做出和他們相同的決定，對他人造成同樣的傷害。歸根究柢，《怪人們》的推理情節不過是抵達人心深處的文字階梯，與其說重點是在推理，倒不如說是偏重於人情義理與人性幽暗的小說作品，更可說是東野圭吾成爲東野圭吾的作家之路，如果沒有出道前十年的廣泛嘗試，也不會有後來如《惡意》、《白夜行》、《新參者》這類細膩觀察人心的作品。

因爲怪人不怪，只是人性使然。

本文作者介紹

楊勝博，台大台文所博士候選人，故事雜食者，影集、電影、小說、漫畫、動畫，都是每日生活的精神糧食。評論採訪文字散見《聯合文學》、《幼獅文藝》、「故事」等紙本與線上媒體，著有科幻研究專書《幻想蔓延：戰後台灣科幻小說的空間敘事》。

國家圖書館出版品預行編目資料

怪人們／東野圭吾著；李彥樺譯. -- 初版. -
臺北市：獨步文化, 城邦文化出版：家庭
傳媒城邦分公司發行，民107, 08
面；　公分. --（東野圭吾作品集；
43）
譯自：怪しい人びと
ISBN 978-986-96603-6-5（平裝）

861.57　　　107011043

東野圭吾作品集43 怪人們

原著書名／怪しい人びと
原出版社／光文社
作者／東野圭吾
翻譯／李彥樺
責任編輯／張麗嫺
編輯總監／劉麗眞
總經理／陳逸瑛
榮譽社長／詹宏志
發行人／涂玉雲
出版／獨步文化
城邦文化事業股份有限公司
台北市中山區民生東路二段141號5樓
電話：(02) 2356-0933　傳眞：(02) 2351-9179; (02) 2351-6320
發行／英屬蓋曼群島商家庭傳媒股份有限公司
城邦分公司
台北市中山區民生東路二段141號2樓
讀者服務專線：(02) 2500-7718; 2500-7719
24小時傳眞服務：(02) 2500-1990; 2500-1991
服務時間：週一至週五上午09：30-12：00；下午13：30-17：00
讀者服務信箱E-mail：service@readingclub.com.tw
劃撥帳號／19863813
戶名／書虫股份有限公司
香港發行所／城邦（香港）出版集團有限公司
香港灣仔駱克道193號東超商業中心1樓
電話：(852) 25086231　傳眞：(852) 25789337
E-mail: hkcite@biznetvigator.com
馬新發行所／城邦（馬新）出版集團【Cite (M)Sdn. Bhd. (458372 U)】
11,Jalan 30D/146, Desa Tasik,
Sungai Besi, 57000 Kuala Lumpur Malaysia
電話：603-9056 3833　傳眞：(603) 9056 2833
封面設計／高偉哲
排版／陳瑜安
印刷／中原造像股份有限公司
□2018年8月初刷
□2021年1月18日初版9刷
售價／300元
Printed in Taiwan

ISBN 978-986-96603-6-5